西安文理学院中国古代文学省级重点学科资助出版

笔墨双城
——中国现代作家的文风墨韵

李 勇 著

西北大学出版社

图书在版编目(CIP)数据

笔墨双城:中国现代作家的文风墨韵／李勇著.—西安:西北大学出版社,2019.7
ISBN 978-7-5604-4403-1

Ⅰ.①笔… Ⅱ.①李… Ⅲ.①中国文学—现代文学—文学研究②中国文学—当代文学—文学研究 Ⅳ.①I206.6

中国版本图书馆 CIP 数据核字(2019)第 163408 号

笔墨双城——中国现代作家的文风墨韵

作　　者	李　勇
出版发行	西北大学出版社有限责任公司
地　　址	西安市太白北路 229 号
邮　　编	710069
电　　话	029-88302590
经　　销	全国新华书店
印　　刷	陕西向阳印务有限公司
开　　本	889 mm×1194 mm　1／32
印　　张	5.25
字　　数	85 千字
版　　次	2019 年 7 月第 1 版　2019 年 7 月第 1 次印刷
书　　号	ISBN 978-7-5604-4403-1
定　　价	38.00 元

如有印装质量问题,请与本社联系调换,电话029-88302966。

序:北窗与左手

作家莫言好书法,近些年题字不少。他挥毫用左手,自称"左手书法,右手小说",语含风趣,是说自己并不擅长书艺。学书者或习残碑,或用秃笔,意在破熟巧,获得新意别趣。莫言用左手挥毫,类似于这种努力。他在书法上并没有下过大力气,手段不太多,自觉易为积习所困,转而另辟蹊径。

施蛰存治学有"四窗"之喻:"东窗"是古典文学的鉴赏,"南窗"是现代文学的创作,"西窗"是外国文学的翻译,"北窗"是金石碑版的研究。20世纪30年代,施蛰存创作了一系列运用现代手法的心理小说,在文学史上有相当地位。在金石碑版方面的研究著作,产生于20世纪60年代,不搞创作转而研究碑版,与时代的政治文化气候有关。可见,他的"四窗"是渐次打开,并非同时开启。但这扇"北窗"的开启,其根本原因,还在于视野和文化根基。

笔者关注过中国现当代作家的书法,写了"文风墨韵"系列文章,涉及鲁迅、周作人、老舍、沈从文、朱自清、郁达夫、郭沫若、茅盾、叶圣陶、沈尹默、台静农、梁实秋、汪曾祺、贾平凹等著名作家,探讨他们文风与书风之间的共同的趣味和倾向。对于那些活跃在民国时期的作家,这个课题比较容易展开,而面对当代的众多作家,研究则难以展开,课题难以成立。如果我们把莫言的"左手"和施蛰存的"北窗"意义延伸一些,倒是可以借来说说这种现象。

汉字笔顺自上至下、由左及右展开,适合右手书写,中国人又非常重视书写的规范,即使左撇子也从小被要求用右手,所以极少见人用左手写字。左手书写的书家如费新我,是因为右手伤残,无法书写,不得已而为之。对于大多数人,左手使用工具不太熟练、相对笨拙,以至于生活中人们用"左"形容不到位、不妥帖,比如唱歌跑调叫"左嗓子",心性偏执叫"左性子"。这样说来,莫言"左手书法,右手小说"的说法,还真有些象征意味。如今很多作家热衷书法,在写作之余挥洒几笔。他们熟练的是写作技巧,他们未必熟于书法技巧,似乎文章是他们的右手写出来的,书法作品是他们的左手写出来的。

受"五四"影响的民国作家群的传统文化根基比之莫言这一代作家要深得多,他们在"五四"反传统的旗帜下推崇新文学,又在传统文化的研究中取得了丰硕成果。鲁迅在文章里激烈地否定传统,甚至让青年"不看中国书",其实他的行文就颇有魏晋古风,似任意而谈,实则严密鲜明。在《呐喊·自序》中,可见作者在写出一系列惊世骇俗的名篇之前,有一段"钞古碑"的年月。文中的"钞古碑"是象征,也是实写。鲁迅嗜好金石书画,民国初期,他热衷于逛琉璃厂,收集古董和碑帖拓片。下班后则会躲进书房长时间抄写拓片,做整理工作。据《鲁迅日记》,从1913年到1936年,他搜集的金石拓本(包括汉画像石拓片)总数达5800张之多,可见他在这方面的兴趣和功力。周作人也喜欢拓片,日记里多次提到碑刻,几位友人曾赠他古碑拓片,看来是投其所好。1933年的日记里,曾记录主人沉迷古砖的事:抱着"大吉"砖下台阶,扭伤脚踝,肿了几天,但兴致不减,订购《古砖图释》多册,又拓砖数本赠送友人。

金石碑版是中国书法的重要载体,金石碑版研究虽不等同于书法研究,但密切相关。民国时期的作家们未必研究金石碑版,但可以说他们与传统之间,不仅有思想、文学之窗,还有一扇文字、书法之窗。从书法这方面说,他们自小习字,一些人长期保持着用毛笔写稿的习惯。如鲁迅,一生只用毛笔,虽然他支持青年学生用钢笔,但他自己还是习惯于一种号称"金不换"的便宜小楷笔。20世纪二三十年代,洋笔和洋纸在上海、北京等大都市推广,茅盾开始使用钢笔,他在那个时期创作的《蚀》《虹》《子夜》都是用钢笔写的。抗战以后,大后方物资匮乏,洋纸很难见到,多用毛边纸或土纸,不适于钢笔,茅盾又改用毛笔,直至晚年。沈从文晚年也好用七分钱一支的小毛笔。

这一代作家的书法主要是以他们的文稿为代表的。他们并不专攻书法,未必常写大字,但日常书写的手稿却颇为可观。因为文名,常有人索求墨宝,因此他们留下的大字作品也不少。少年功底加上常年锤炼再加上文化修养,逐渐形成了自家面目,他们的书法是手稿的放大,是在日积月累的书写中逐渐成熟起来的,有鲜明的个人特色,与他们的性格与情趣的结合点很多。

鲁迅的书法好,已成定论,他的字一看就很有学养,不是简单的三招两式,里面有很多古朴的东西。

丰子恺的楷书基础是魏碑,行书学习"二王",南帖的流动与北碑的方硬不容易兼容,丰子恺的办法是顺源头往上找,找到了《月仪帖》,相传是西晋索靖的作品。通过章草整合北魏楷书和西晋行书,古朴而不入流俗,却不求简静古朴,而是活泼茂密,与他阐慧心于日常的文风相映成趣。

郭沫若诸体皆能,楷书基础是颜体,手稿中的小楷又多具六朝写经笔意,细辨仍带着颜体的宽博之气;作为古文字学家,写篆书不在话下,但笔力较弱;隶书写得少,真正的草书也少见;最典型的郭书是行草,他题字、题词、书赠他人绝大多数用行草。他的字取法很广,从源流看,更接近于宋人,苏轼、米芾的味道最多,黄庭坚的味儿也有一些,整体上又颇有明代狂士徐渭的感觉。翻看《郭沫若书法字汇》,单个看他的字,多上小下大,呈梯形。这种字形接近苏轼,间接受了颜真卿的影响。颜真卿的字一改前人欹侧舒展的姿态,转为外敛内放,外正内欹,把孔雀舞改成了蒙古舞。颜的行书字势比较正,学不好单调笨拙,学好了能兼容篆隶。受颜影响的苏轼、刘墉、何绍基等人的字,大形不优美,以字内的笔画穿插取胜。郭沫若的字也属于这一路。

谦称自己"乱写字"的茅盾,早年取法的是《董美人墓志》。茅盾专心临摹过的法帖也许不多,但看过的好字一定少不了。他的字并不求奇求古,而是端庄流利,雅俗共赏。其中的"秀"和"谨"传达了他的艺术气质,与我们在他小说中感受到的气息比较合拍。

叶圣陶楷书功底很好,也喜欢写小篆。文学风格中的平静明白转化在书法中,成了叶圣陶的小篆。小篆比楷书更能代表他的文化形象,如同郭沫若的行草、沈从文的章草、老舍的隶书。他们的书写,保持着传统的书法精神:以文言志、以书宏文,所以不是求新务奇的。

当代作家爱书法的不少,陕西的贾平凹、河南的二月河、上海的余秋雨、天津的冯骥才,名单可以列得很长。作家们喜欢挥毫弄墨,书法作品也很有市场,总体感觉是虽有架势,但力不从心,败笔比较多。反倒是贾平凹的字,拒绝取巧,示人以笨拙,提按变化少,姿态变化少,节奏变化也少,因此避免了取巧不得的尴尬相,真感觉在用左手。而真正用左手挥毫的莫言将面临一个问题:以后求字的人多了,左手写熟了,形成俗套,又怎么办呢?

当代书法注重"创作意味",有美术化倾向,已经成了讨论已久的话题。不足之处很明显,比如缺乏笔墨功力,缺乏对文意的尊重,缺乏诚恳朴素的品质。当代作家书法也只是时代书风的一种表现。书法园地可以有不同的花朵和果实,如果我们要在传统中吸收更多营养,大概还是要再开一扇"北窗",而不是乞灵于"左手"。

目 录

序：北窗与左手 …………… / 1
一、郁达夫与朱自清 …………… / 1
二、老舍与沈从文 …………… / 14
三、台静农与沈尹默 …………… / 26
四、鲁迅与周作人 …………… / 38
五、梁实秋 …………… / 50
六、茅盾 …………… / 61
七、郭沫若 …………… / 71
八、叶圣陶 …………… / 83
九、汪曾祺 …………… / 94
十、莫言 …………… / 105
十一、贾平凹 …………… / 113
附：现代文学笔记十则 ……… / 123

郁达夫

朱自清

郁达夫(1896—1945),浙江富阳人。1921年与郭沫若、成仿吾等留日学生组创文学团体"创造社",同年他创作出版了中国现代文学史上第一部白话短篇小说集《沉沦》,轰动国内文坛。

朱自清(1898—1948),原籍浙江绍兴,少时在江苏扬州生活。1919年开始发表白话诗,1928年第一部散文集《背影》出版。抗战时期任西南联合大学中文系主任。

一、郁达夫与朱自清

1931年,郁达夫独访富春江上严子陵钓台,归来做《钓台的春昼》,沉吟家国之伤,亦叹生平落拓。文

中所录的那首旧体诗,名闻一时(图1):

不是尊前爱惜身,佯狂难免假成真。
曾因酒醉鞭名马,生怕情多累美人。
劫数东南天作孽,鸡鸣风雨海扬尘。
悲歌痛哭终何补,义士纷纷说帝秦。

郁达夫在钓台题壁的这首诗,早已刻成碑石立在富春江畔。观其字迹,左高右低,敧侧取势,与人通常书写时的左低而右高迥异其趣。下笔果断,不善于翻转回环,是日常快速书写造成,给人以行色匆匆之感。这种笔势可认为是率性,也可理解为倔强。有些单调,却也自成一家面目。

郁达夫好题字,却并不以书家自居。他的《说写字》说自己没练过书法,只是信手而为,甚至说是为消费些纸张,贡献纸业,参与"社会性的恶作剧"。他向来喜欢拿自己"开涮",以"自曝家丑"著称,实际上是一种不喜俗套的名士气(图2)。他的文章多写个人经历,表现人的内心冲突特别是性欲的骚动,在那个时代,显得极为特别。郁达夫的"自叙传"式小说已成为"五四"文学经典,但他写得最好的还是散文,更见性情与学养。小说则把人物内心冲突进一步放大而过度戏剧化了。

一、郁达夫与朱自清

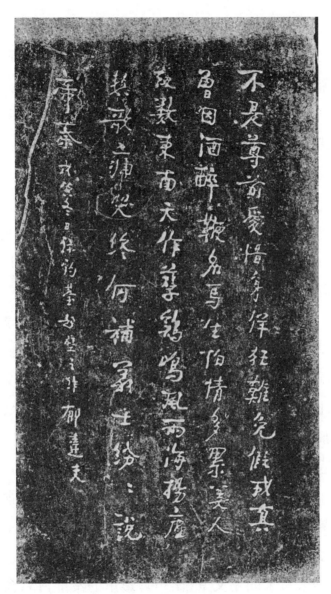

图1　郁达夫《钓台题壁》拓片

在20世纪二三十年代善写抒情散文的作家中,郁达夫、徐志摩、冰心、朱自清是最有代表性的。这四位作家有许多不同处,若就情感的收放度而言,大概是由朱自清到郁达夫是渐放,由郁达夫到朱自清是渐收。也就是说,朱自清情感表现较克制平稳,郁达夫情感表现最恣肆鲜明。

相比于郁达夫的狂狷,朱自清则堪称温文。

朱自清初入文坛写了大量新诗,台湾诗人余光中认为其诗味不足,是以散文的感觉写诗。诗人的评价略嫌苛刻,不过朱自清留名文学史的正是散文。

朱自清的《背影》与《荷塘月色》是经典的中学范文,前者朴实,后者华丽。若就抒情而言,则后者内敛,前者感人。对于《荷塘月色》,人多只以写景美文视之,也不乏细心人从开篇的"颇不宁静"探出消息,撩起那个风雨如晦时代的面纱。那篇文章写于1927年,正是国内政治形势急剧动荡之时。

更早的1923年8月,25岁的朱自清和老同学俞平伯夜游秦淮河,凝融了六朝金粉的秦淮风韵迷醉了两位书生,秦淮河的歌女让他们情思萌动,心旌摇曳。后来,两人写了同题文章《桨声灯影里的秦淮河》,俞文把那种感觉写得空蒙,有谈玄说理气。而朱文说,那歌

一、郁达夫与朱自清

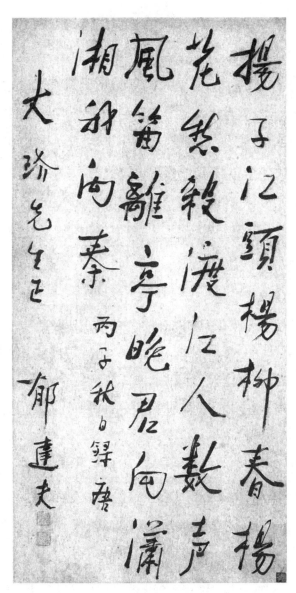

图2　郁达夫书唐诗

声"经了夏夜的微风的吹漾和水波的摇拂,袅娜着到我们耳边的时候,已经不单是她们的歌声,而混着微风和河水的密语了。于是我们不得不被牵惹着、震撼着,相与浮沉于这歌声里了"。明白亲切,不被情绪控制。

比较而言,朱自清写散文不像郁达夫那样处处有我,他更有细致描摹的耐心,较之郁文呈现的率真洒脱,朱文显得工细庄重。如果再比较一下他们留下的书作,从行笔细节到整体风韵,似乎也能看到收与放的两种趣味。

朱自清的书风大致近欧,字形狭长,中宫收紧,字距较疏朗。他的手稿也大致属于楷书的快写,不是连绵有致的行书写法。有些作品略具魏碑风味(图3)。

当然,朱自清这样的深具古典文化根基的大学者,对碑帖见得很多,很有研究,在具体字的写法上,自然不会局限于某一家。比如"支颐啜茗忧危大,负手看花意思长"一联,是为他人题字,较之手稿更用心,更能看出书者的取法和追求。这副对联是从清代王闿运诗句中化出,表达了虽处平常却心系苍生社稷的情怀,意思庄重,书风亦端庄。

另一幅朱自清写给妻子陈竹隐的诗:"勒住群山一径分,乍行幽谷忽干云。刚肠也学青峰样,百折千回

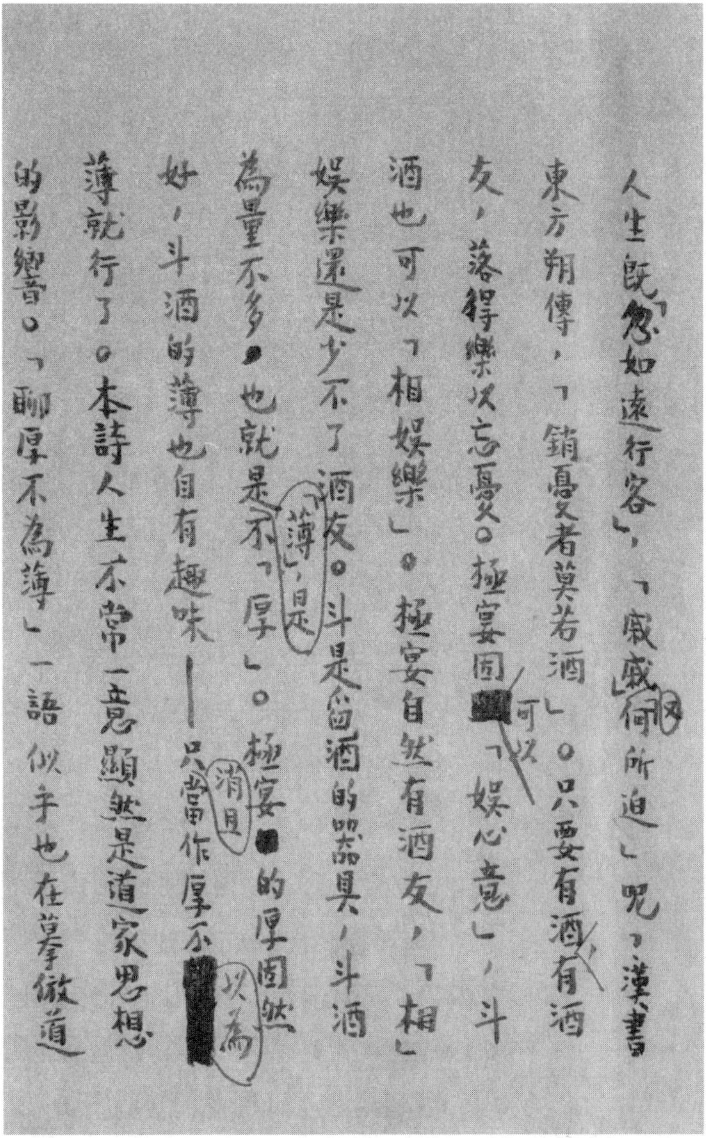

一、郁达夫与朱自清

人生既"忽如远行客","戚戚何所迫"呢?《汉书·东方朔传》,"销忧者莫若酒"。只要有酒有酒友,"落得乐以忘忧"。极宴固可以"娱心意",斗酒也可以"相娱乐"。极宴自然有酒友,"相娱乐"还是少不了酒友。斗是盛酒的器具,斗酒为量不多,也就是不"厚"。"薄"是好,斗酒的薄也自有趣味——薄就行了。本诗人生不常一意显然是道家思想的影响。"聊厚不为薄"一语似乎也在举微道

图3 朱自清书稿

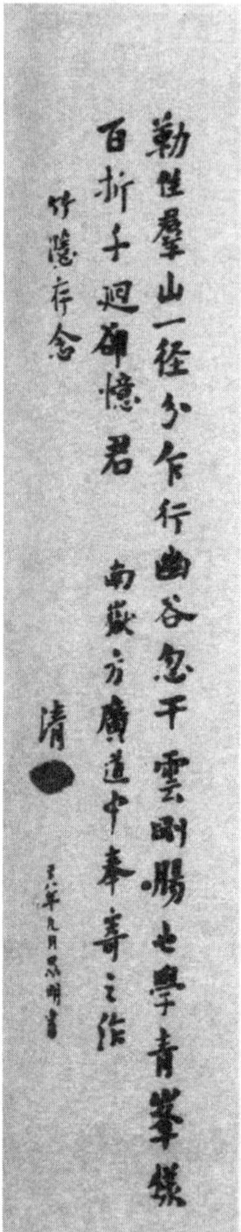

却忆君。"(图4)用语俊朗,字也写得很秀润。朱自清题字总是很认真,风格清正,和郁达夫的流动欹侧颇不相同,书写状态一个收,一个放。

我们常说"文如其人""字如其人",于是以文来解人,以人来解字。散文在诸种文体中距离作者生活状态最近,通过散文,更容易了解作家的情感、观点与气质。民国时期的作家从小使用毛笔,对这种传统书写工具得心应手,他们的墨迹能传达出较多的个人气质和情感表达。

图4 朱自清给陈竹隐的诗

两位作家有不同的个性、气质和人格追求。余光中论朱自清的散文,认为文后隐藏着一个拘谨的教师和平凡的丈夫形象,很不洒脱,引为遗憾。其实无须遗憾,朱自清喜欢以平常朴厚之貌示人,与郁达夫惯以洒脱浪荡之貌示人一样,是新文学拓宽格局的体现。何必一定要以英雄志士、智者高人的面目示人呢?是真人格自可爱,是真情感必感人。杨振声评朱自清："他文如其人,风华是从朴素出来,幽默是从忠厚出来,腴厚是从平淡出来。"郑伯奇论郁达夫："他不愿学歌德、拜伦,他只愿做莱汉特那样文坛上交游最广的人物。"

温柔敦厚的谦谦君子与好做狭邪游的放达之士对异性的态度是不同的。郁达夫的情事、韵事乃至婚变往往成为报纸上的花边新闻。这也怪他自己,如郭沫若说他："别人是'家丑不可外扬',而他偏偏要外扬,说不定还要发挥他的文学想象力,构造出一些莫须有的'家丑'"。他作为社会名流,享受声名之利也深受声名之累。相比之下,朱自清的婚恋观念则要正统得多,在《桨声灯影里的秦淮河》一文中即可看出他的谨慎拘礼,文中充分坦白了面对歌妓时内心的纠结。他笔下好用女性美状写景物,比如"像亭亭的舞女的裙""又如刚出浴的美人"之类,更显出他在对待异性态度上的学究气。

书法,很难离开旧体诗。旧体诗被新文学运动简单地否定了,有着深厚社会基础的书法艺术难免受些牵连。"五四"时期崛起的知识分子,早年接受传统教育,对旧体诗熟悉、有感情。朱自清研究《古诗十九首》,讲陶诗、讲唐宋诗,专心模拟过汉魏六朝唐五代诗。曾有诗集《敝帚集》《犹贤博弈斋诗抄》，其中不乏佳作，但并未公开出版，相当低调。其中有一首诗《市肆见三希堂山谷尺牍，爱不忍释，而力不能致之》（图5）：

> 诗爱苏髯书爱黄，
> 不妨妩媚是清刚。
> 摊头踥蹀涎三尺，
> 了愿终悭币一囊。

看到黄庭坚的字，爱不释手，又舍不得花钱。这首颇能体现朱先生忠厚而幽默的诗作，难得让我们看到他对书法的喜爱。

王瑶在《中国现代文学史论集》里曾讲过这个现象："鲁迅的旧体诗多半是作为书法艺术写给友人的，后来才由别人搜集起来。郁达夫的旧体诗除在散文游记中有录存外，也并未在当时结集出版。朱自清的旧诗集取名《敝帚集》《犹贤博弈斋诗抄》，是在他逝世后人们才看到手稿的，其他许多新文学作家也未闻有旧体诗专集出版。这是有原因的，'五四'文学革命首先从反对旧体诗开始，新诗是最早结有创作果实的部门，因此一般新文学作家最多把写作旧体诗作为业余爱好，只在朋友间彼此流传，最初并没有公之于世的意

一、郁达夫与朱自清

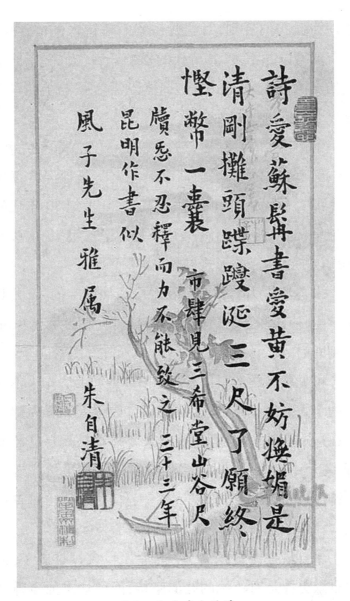

图5　朱自清自作诗

思。"由此我们看到，对这些作家旧体诗水平的评价，已有的结论并不多，其诗作的影响开始也仅限于朋友间的交往。鲁迅、郁达夫的旧体诗名声大，与他们在文化界交游广阔也有关系。

郁达夫曾在钓台题壁的那首诗，是他的得意之作，"曾因酒醉鞭名马，生怕情多累美人"，是他经常书赠别人的。在郁达夫日记里，尤其在20世纪30年代的日记里，他为别人题诗、书写条幅的记录很多，这些诗作就以书法作品的形式传播开来。

朱自清作为名作家、名教授，请他题字的人，尤其是学生，应该少不了。但我们能看到的记录并不多，很难判断。

可见新文学的引领者们把旧体诗和书法作为不入时的个人爱好，对这些爱好的态度则因人而异。郁达夫在这一点上比较洒脱，他本来就喜欢暴露自己的爱好、甚至不良嗜好。在《钓台的春昼》里，虽然作者把题诗说成"放了一个陈屁"，其实我们都能看出这首诗在文章中的重要性，说成"文眼"是不为过的。

朱自清把诗集题名为"敝帚"，也太过自谦了，他的自谦更像是对传统的礼的坚持，而郁达夫的自谦以至自损实际上已是对礼的破坏了。

一、郁达夫与朱自清

两位现代散文家,不同的个性、不同的艺术追求乃至不同的文化态度,使我们能在他们的文章中发现很多有趣的比较。我们不必把这些感受硬套进对他们书法墨迹的观感中,但也不妨碍在点画之间感受些许斯人风范。读文章是在读人,欣赏书法作品,不也是在审美中寻找一些心灵密码、文化信息吗?

老舍　　　　　　沈从文

老舍（1899—1966），原名舒庆春，北京人，满族。1924年应聘到英国伦敦大学东方学院当中文教师，在英期间开始文学创作。以长篇小说和剧作著称于世。

沈从文（1902—1988），原名沈岳焕，湖南凤凰人。14岁时投身行伍，仅受过小学教育。1922年到北京，升学未成开始学习写作。20世纪30年代是他创作的成熟期。

二、老舍与沈从文

两座城，一座皇城，一座边城。一座华夏文化中心的城，一座华夏文化边缘的城。一座熟透了的城，一座稚气未脱的城。

二、老舍与沈从文

老舍与沈从文,20世纪30年代成名的两位作家,一位写老北京,一位写湘西,把各自生长的一方热土,化成了艺术之城。

《边城》选入中学课本多年,成了家喻户晓的作品。老舍的一些作品,包括《骆驼祥子》的片段,则更早被中小学生熟知。《边城》可说是沈从文的化蝶之作,他把之前多次写过的风俗、人物、场景、民歌,再一次汇集酿造,以表达对遥远的青春之梦的眷念和惆怅。沈从文自称"乡下人",他执着地赞颂纯朴以至原始的生活状态,膜拜率真自然的"神性"。老舍是现代"京味儿"小说的祖师,他用北京话写北京事,反映北京平民文化,用一种最接近国语的方言写皇城底下的老式国民,在"五四"以后反思国民性的文学大潮中,得天独厚。

老舍与沈从文都致力于风俗文化的表现,风俗远比政治持久,这是他们作品生命力强的重要原因。在社会政治方面,与"左翼"作家比,沈从文显得幼稚,老舍显得平庸,他们都是政治的旁观者、文学的实干家。两相比较,沈从文善于独处,老舍兼善应世。但当身处乱世之时,独处反能避祸,居高难耐严寒,这也是很难预料的。

两位作家也留下了不少书法作品,比之等身的著述,也许显得单薄,但同样是他们艺术的珠玑。现代作家中很多人善书法,喜欢在写作之余挥毫遣兴,往往立意独特、用语脱俗。墨趣通于文心。老舍1949年后日记中常有"元旦写字"或者"初一写字"的记载,可见每逢岁首迎新,他都以写字开始,依然遵循"新正书纸开瑞"的传统习惯。

1937年沈从文在《文学作家中的胖子》中曾写道:"有个作家在许多人心目中都认为应当是个胖子,这作家就是老舍先生。"可能是老舍文风的幽默通俗让人联想到了胖,其实老舍不算胖,倒是写《荷塘月色》时的朱自清有些矮胖。鲁迅在《秋夜》中故意说"瘦的诗人",也很有趣。很多人初次看到启功书法的娟秀瘦劲,也想不到是出自一位白胖老头之手,觉得胖子应该写颜真卿那样的字。

老舍的字也让人想到胖,他的楷书方方的、肉肉的,隶书也偏于方正厚重,不以长撇大捺取势,不是长胳膊长腿,而是一副敦敦实实的外貌(图6)。老舍早年习字,既写唐楷,也写魏碑,楷书是颜体与魏碑的融合,他的字在启承之间颇见魏碑风骨,体势却端正平和,没有习魏碑易有的恣肆险绝(图7)。

二、老舍与沈从文

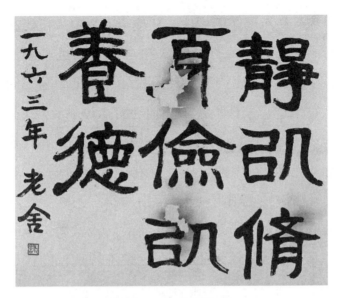

图6　老舍隶书

图7　老舍自题书名

沈从文对书法的痴迷是从他十五六岁入伍当文书开始的。当时他每月的薪水扣去伙食费也剩不了几块,《从文自传》说:"五个月内我居然买了十七元的字帖。"算来近乎全部积蓄了。他还有个座右铭"胜过钟王,压倒曾李","因为那时节我知道写字出名的,死了的有钟王两人,活着的却有曾农髯和李梅庵"。那时他在晋唐法帖上很下功夫,小楷写得极清秀。沈从文书法最具特色的是章草,1949年后转入文博工作的沈从文对章草做了深入研究,在这种不被重视的古拙草书中寻找笔趣。

知名的作家又善书,少不了笔墨的交流和应酬。老舍之子舒乙曾介绍,老舍先生喜欢写字送朋友,以志友情或表达鼓励,内容是自撰的诗文,或通俗语大实话,包含自己的处世哲学和人生经验,从不写陈词滥调,也很少抄录古诗词。他还常以朋友名字作嵌名联,语兼庄谐,例如以"鸡鸣茅屋听风雨,戈盾文章起斗争"赠茅盾,以"云水巴山雨,文章金石声"赠巴金,几个字即切中特点,很受欢迎。舒乙说,仅1963年一年,老舍就为友人撰书了二十多幅嵌名联。

黄永玉在纪念表叔沈从文的文章中风趣地说:"长得好看的女孩子自己觉得好看也就罢了,深怕别

二、老舍与沈从文

人不知道自己好看,弄一点撩拨别人的动作出来就有点欠佳;如果为了自己的好看而去骚扰别人那就算得上是个灾星了。表叔的字可从来没骚扰过别人,只有别人骚扰他,想珍藏一两幅他的手迹。他呢?有就给,没有就不给。碰巧朋友是个熟人,弄来一张几个人求字的名单,名单丢了,几张字的落款都只写上拿名单来的朋友一个人的名字。更有许多不合规矩的举动和表现。某一年给朋友写的一幅字上,密密麻麻大字盖小字也还罢了,居然还在字里行间画了一个箭头符号,直指着某两个字,告诉观者说:此二字甚好。"

如果对两位巨匠的文风墨韵做点简单的比较,或可概括为:熟与生。老舍熟,沈从文生。

老舍二十多岁赴英国伦敦教书,在寂寞的异乡开始了文学创作。他对照西方的文化环境思考故乡的人与事。他说北京老市民的文化是一种熟透了的文化,满足于精致的小游戏,没有进取心。老舍是满族,在他看来,已融入汉文化的、带着贵族遗习的满族男子是这一文化的标本。他未完成的长篇小说《正红旗下》写了一些这样的人,提笼架鸟,作揖打拱,讲究排场玩好,即使穷困潦倒,也瞧不起手艺营生。老舍从这座城中走出,他批判这座城,也深爱这座城,他秉承了这座城的艺术气息。老舍对传统不是鲁迅般的决绝,他的批评是温和的,是本着一种厚道的旨意。老舍的语言带着市民的幽默,谁都听得明白,活泼俏皮,有时人物像在说相声。在流行新文艺腔调的"五四"时期,他的作品令人耳目一新。但对于幽默,他纠结了很多年,为自己语言中的油滑而苦恼。他的语言本于通俗,情趣也很平民化,难免给人太熟的感觉。后来老舍写了《谈幽默》,想明白了这个问题,幽默是自己的人生态度,改不了。"他既不呼号叫骂,看别人都不是东西,也不顾影自怜,看自己如一活宝贝。他是由事事中看出可笑之点,而技巧的写出来。他自己看出人间的缺欠,也愿使别人看到。不但仅是看到,他还承认人类的缺欠;于是人人有可笑之处,他自己也非例外。"透过老舍的作品和人生,我们看到他的外圆内方:热情随和,善于交往,能够安时处顺,同时自尊要强,极为刻苦。

　　作家笔下都追求着某种理想人格,鲁迅是卓尔不群,冰心是温柔友爱,郁达夫是放达倜傥,而老舍笔下的理想好人则是自尊勤勉,又有古道热肠和侠肝义胆。沈从文又不同,他崇尚的人格是脱离世俗的浑朴自在,即使在卑微和艰苦中,自有一份快乐和梦想。人生的悲剧就是自在失去了,变成惶恐忧愁和委琐。老舍的理想有现实的基础,沈从文的理想只能在理想中。

　　沈从文这个从凤凰小城走出的外表文弱的湘西汉子,开辟了一个诗意的艺术天地,他不善于写现代都市,因为他对身边的都市男女、知识阶层有太深的成见,觉得他们不干净、不自然。他也知道他的边城只在想象中,他宁可从现实退回到想象。当我们读到他作品中小寨主傩佑与女孩以情歌恋爱——

女孩唱:身体要用极强健的臂膀搂抱

　　　　灵魂要用极温柔的歌声搂抱

傩佑唱:龙应当藏在云里

　　　　你应当藏在心里

(《月下小景》)

　　我们读到的是一封绝美的情书。沈从文的很多佳作都像是给情人讲述奇异的经历,展示强健的臂膀,倾诉不羁的灵魂。不像老舍那样在给大家伙儿讲故事。初读《边城》,感到如水的清与柔,再读会发现句子并非印象中单纯,有时简静轻灵,有时热烈朴素,有时笨重到拗口。他的语言富于色彩,却并不给人纯熟之感。

　　沈从文笔下多水一般妖娆的女子,具有神性。在他看来,单纯、热情、快乐、青春、美貌,自然赋予人的种种美好,皆是神性。老舍笔下的女性美来自传统社会,具有适于做妻子的温顺。《骆驼祥子》里对虎妞的"妖魔化"处理显示出作者对强势女性的厌恶,性欲强大的虎妞打开了祥子的欲望之闸,也是他堕落的重要原因。应该说,在现代作家里,老舍的女性观过于保守了。

两位作家不同的趣味和追求,既见于文章,也见于书法,艺术个性尽在文风墨韵之中。

老舍书法多楷隶而少行草,书写工整,没有沈从文那种浪漫的感觉,面目比较老实,其实内里颇多巧妙。结字多取外拓之势,字中开朗,能够包容,楷隶结合的魏碑风味,不求姿媚的古拙之风,有的作品有《泰山金刚经》的意思,似榜书风味。从众人熟知的面目中写出个性,是很难的,熟则近俗,艺术语言需要陌生化效果,文学是这样,书法也是这样。老舍的字在平易随和中显出奇特,个性很鲜明,让人过目不忘。其中的佳作熟中有生,耐人品味,一般之作则稍嫌平板,在熟中还欠缺些生趣。

沈从文好写行草,节奏多变(图8),他的章草也流畅活泼,顾盼生姿(图9)。1978年荒芜曾有诗赞曰:"对客挥毫小小斋,风流章草出新裁。可怜一管七分笔,写出兰亭醉意来。"小小斋是沈从文长期居住的陋

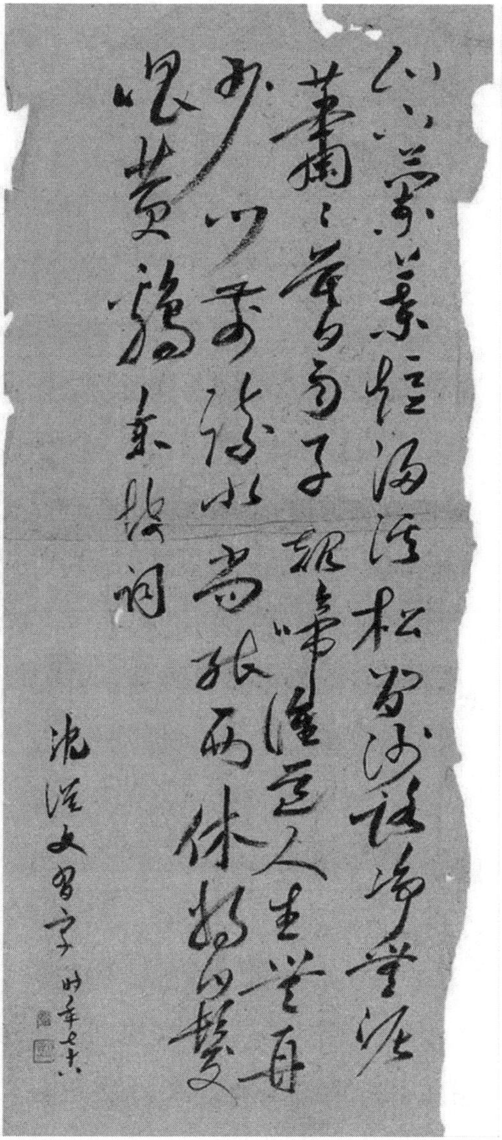

二、老舍与沈从文

山下兰叶（芽）短浸溪，松间沙路净无泥，潇潇暮雨子规啼。

谁道人生无再少，门前流水尚能西，休将白发唱黄鸡。

图8　沈从文书苏轼词《浣溪沙·游蕲水清泉寺》

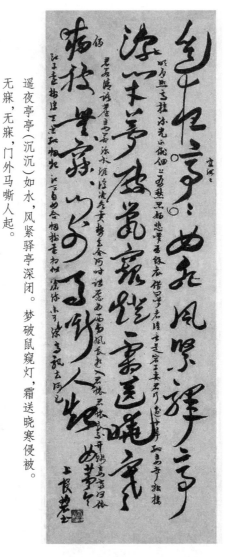

遥夜亭亭（沉沉）如水，风紧驿亭深闭。梦破鼠窥灯，霜送晓寒侵被。无寐，无寐，门外马嘶人起。

图9 沈从文书秦观词《如梦令》，署名"上官碧"。（行间小字抄的是曹植、范云的诗）

二、老舍与沈从文

室,自称"小小窄而霉斋",他常用的是七分钱一支的毛笔。兰亭醉意,大概指的是书写中的率性而为。沈从文未必无意于佳,但率性增加了偶然效果,增加了败笔与佳构。他的书法清秀多于古拙,章草写得年轻,枝叶丰润,不肯苍老,似为不足。不过何必要求《边城》的作者写出城府很深的字呢?他本是文坛的独行侠,到老也不失其志。

　　　　台静农　　　　　　　　沈尹默

　　台静农（1903—1990），安徽霍邱人。1925年加入鲁迅发起的新文学社团"未名社"，创作以短篇小说为主，兼写诗歌和散文。1946年赴台湾，后长期执教于台湾大学。

　　沈尹默（1883—1971），浙江湖州人。1905年赴日本留学，1913年到北京大学中文系任教。1919年开始在《新青年》发表白话诗。所作旧体诗词，辑为《秋明集》。1960年被国务院聘为中央文史馆副馆长。

三、台静农与沈尹默

　　董桥的文章里常有一些令人难忘的俏皮话，比如在《中年是下午茶》中说："中年是吻女人额头，不是吻

三、台静农与沈尹默

女人嘴唇的年龄","中年是杂念越想越长、文章越写越短的年龄",又说"中年是看不厌台静农的字看不上毕加索的画的年龄"。

我才知道台静农的书法在台湾有如此的影响。

看到台静农的字,却有些失望,总体印象是两个字:邋遢。台氏书法中较多倪元璐的味道,张大千就曾说:"三百年来,能得倪书神髓者,静农一人也。"倪元璐在明末官至户部、礼部尚书,李自成攻入北京时,自缢殉节,是明王朝的忠臣烈士,其气节被后来的读书人称道。倪元璐的书法不同俗格,行草书用笔势足而涩劲,熟巧的成分少了,率性的成分多了。台静农书法也是如此,笔画有时疙疙瘩瘩,不太精巧。力度气势不及倪元璐,就显得有点邋里邋遢(图10)。

台静农生于1903年,少时习书,学颜真卿,学汉碑,都是方严庄重一路。20世纪20年代在北京大学读书时,曾受北大教授沈尹默的指导,于书艺之道获益匪浅。此时的台静农志趣不在书法,甚至认为耽于书法是"玩物丧志"(图11)。1925年,台静农结识了鲁迅,他尊崇鲁迅,并在写作上师法鲁迅。

讲《中国现代文学史》,会提到台静农的短篇小说。20世纪二三十年代,一些来到都市的青年,描写

图10　台静农对联

三、台静农与沈尹默

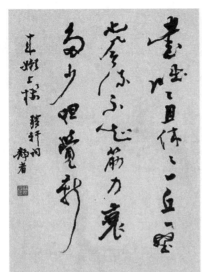

图11　台静农书辛弃疾词

各自家乡的故事,感时忧民,寄寓一缕乡愁,在国语中能读出方音。这股创作风气也被看作"鲁迅风",多多少少受了鲁迅小说的影响。

"都齐备了么?"她停了针向着汪二问。

"都齐备了,香,烛,黄表。"汪二蹲在地上,一面答,一面擦了火柴吸起旱烟来。

"为什么不买炮呢?"

"你怕人家不晓得么,还要放炮?"

"那么你不放炮,就能将人家瞒住了!"她深深地叹了一口气。"既然丢了丑,总得图个吉利,将来日子长,要过活的。我想哈要买两张灯红纸,将窗户糊糊。"

在《拜堂》中,台静农表现的依然是乡村的苦情,却在寒夜多了些温暖。汪二和哥哥的遗孀要成亲了,哥哥死后,他和嫂嫂已经偷偷在了一起,嫂嫂已有身孕,快遮不住了。他们找了村里两位相熟的妇女作证,在半夜悄悄拜了堂。昏黄的微温显出夜风之寒,悲而不惨,是台静农的上乘之作。在小说集《地之子》中,他关注农村社会底层人物的命运。而之后的小说集《建塔者》,关注的则是在中国大地上建塔的革命者。

1928年至1935年,台静农三次因传播左翼思想入狱。抗战期间,他写了一个未出版的中篇《亡明讲史》,写明王朝的土崩瓦解,隐含对国民政府的笑骂,心态已然是感慨多于愤怒的中年了。此时他和沈尹默同在四川江津白沙镇避乱,有了更多的时间和机会,常常向沈请教。台静农一度喜欢王铎的字,沈尹默不赞同,认为王字"烂熟伤雅",不可学。

台静农结缘倪元璐,是多种原因的凑集。师友对他的启发是一个方面,他从胡小石那得到倪元璐书法的影印本,张大千又赠送给他倪元璐的双钩本和几幅手书真迹,他一生都珍如拱璧。他对明史的研究也是一个原因,他大概从深层思考比较了王铎和倪元璐。

三、台静农与沈尹默

王铎是行草书的集大成者,论功力明清人无出其右,对学书者有很大的吸引力。王铎的由明仕清与倪元璐的以身殉朝,在汉族的知识界长期以来都褒贬鲜明,把字与人、与人的政治气节相对应,由此贬低王书的情况也存在。我想台静农的着眼点是艺术个性,他更倾向倪元璐相对生涩冷僻的格调。对明代覆灭的研究是他思考的一个背景,思考知识分子与时代的关系、人格与艺术品格的关系。

沈尹默看王铎这样的大家,还觉得"烂熟伤雅",可见对熟练的警惕,对格调的重视,已是沈先生的艺术自觉。但沈尹默自己偏偏脱离不了这四个字。如果以高标准去评价,沈氏书法也可说是"烂熟伤雅"(图12)。

图12　沈尹默扇面

沈尹默生于1883年,早年留学日本,1913年到北京大学任教。参与编辑"新文化运动"的领袖刊物《新青年》。"五四"时期他发表了一些新诗,像《三弦》《月夜》都是早期白话诗的代表作。那时白话诗还站不住,时常受到来自旧学阵营的嘲笑,像沈尹默这样旧学根底很深、善写旧体诗的知名学者能给新诗探路,意义非凡。

霜风呼呼的吹着,

月光明明的照着。

我和一株顶高的树并排立着,

却没有靠着。

今天读《月夜》,会觉得过于简单,但这首标榜个性的"五四"新诗无疑是值得尊敬的。

在《新青年》的几位编辑,陈独秀、李大钊、高一涵、鲁迅、钱玄同、刘半农、周作人等,大都是主张新文化的旗手。沈尹默在其中文化立场是比较传统的。写旧体诗和习书一直是他的大乐趣。

沈尹默在二十多岁时曾办过一个书法作品展,陈独秀看过之后的评价是:其俗在骨。那时他俩还不认识,沈尹默当然不舒服,但也因此反思,觉得陈的话很有道理,自己习字是受了黄自元的毒,喜欢用长锋羊

三、台静农与沈尹默

毫,又不善于悬腕,显得拖拖沓沓。沈尹默自己坦陈这段经历,可见他的雅量。还因此"立志要改正以往的种种错误,先从执笔改起,每天清早起来,就指实掌虚,掌竖腕平,肘腕并起的执着笔,用方尺大的毛边纸,临写汉碑,每纸写一个大字,用淡墨写,一张一张地丢在地上,写完一百张,下面的纸已经干透了,再拿起来临写四个字,以后再随便在这写过的纸上练习行草,如是不间断者两年多"。(《书法漫谈》)

有的人不喜欢沈尹默书法,借这件事说沈的字"俗"。喜欢沈尹默的人就很不爽,说那只是陈年旧事,不足为据,甚至反过来说陈独秀的字才俗呢。冷静地说,陈独秀在书法上跟沈尹默不是一个路子,沈是帖学出身,他的字在精神上与同乡先贤赵孟頫是一路,精致光洁(图13)。而陈在字上就多些草莽气息,陈早年喜欢习字,他富于反叛精神,对读书人应试必修的馆阁体很厌恶,而

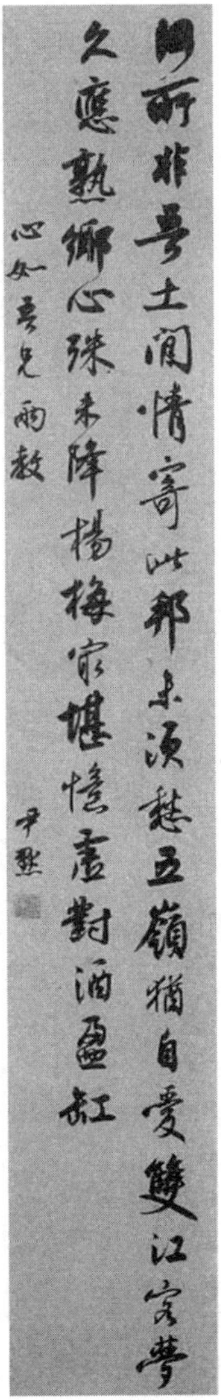

图13 沈尹默书自作诗

沈尹默习字正是从馆阁体入手的。其实到了20世纪40年代初,沈尹默已经书名很盛、技艺很高了,陈独秀还是不喜欢沈的字,他曾对台静农说沈的书法"字外无字"。显然还是格调不够的意思。

明清时期科举制进一步完善,读书人为应对考试,都力求写一笔又快又好的小楷,形成了所谓馆阁体,其实就是考试体、官家字,面目上容易雷同,从艺术角度讲不是好事。欧阳询、颜真卿、柳公权、赵孟𫖯"楷书四大家"的地位逐渐确立,对馆阁体影响最大。读书人也写行草书,以利于实用和表现情趣。但馆阁体积习太深,行草书也不容易写出个性。清代中期以后,许多文人从充满民间气息的魏碑入手,改变积习。民国的新派知识分子更强调书写的个性。沈尹默仍保持着纯正的传统士大夫书风,这路风格是从江南的东晋沿袭下来,与北方的北魏形成鲜明对比。民国时期有"北于南沈"之说,陕西人于右任和浙江人沈尹默分别代表了北、南两种书风。

沈尹默是20世纪传统知识分子的代表,他的文学造诣更多地体现于旧体诗。他文辞雅驯,讲究旧典古韵,与日常生活、朋友交往中吟诗作赋,保持了传统文人的学养气度。他在"五四"时期的做新诗、发新声,

三、台静农与沈尹默

可以算作新文化的票友。传统文化在"五四"时期受到了过于激烈的否定,甚至被全盘否定,有的学者甚至主张废除汉字。整个20世纪中国大陆文化都处于激流澎湃的状态,少有冷静喘息。像沈尹默这样的传统型学者并未受到高度重视,他在书法上所代表的古典正路也没有得到充分的尊重。

如果说沈尹默的文化取向是回到书法,台静农则应该说是退回到书法。台与沈是两代人,年龄相差20岁。他的青春期正当"五四"时期,这也是中国文化的青春期。台静农的偶像是鲁迅,他也一度是文学界的斗士。经过牢狱之灾和社会的激烈动荡,他渐渐转入独善其身的内敛。他对书法的痴迷在40岁左右,是新文化运动主将钱玄同所谓应该枪毙的年龄。对于大多数人,这也的确是一个趋于保守的年龄。

1946年,台静农到了台湾,长期在大学任教。在两岸意识形态尖锐对立的时期,台静农的处境很微妙,他也绝口不提关于鲁迅的事,就像当时大陆学者不敢提与胡适的关系一样。大嘴李敖在文章中还批评过台静农的怯懦。资料显示,晚年的台静农以敦厚淡泊著称,是一位学识人品都值得尊敬的长者。虽然他讨厌商业气息,他的字却是市肆的宠儿,为此他只能徒呼奈何。

　　我说台静农的字邋遢,不过是一种印象而已,他不想把字写得太流畅,太精巧,所以带着涩和倔的感觉。不过我还是认为他的力度差了一些,点画锤炼得不够,不能算大家。而沈尹默的字,笔法纯熟,功力极深,不管你喜不喜欢他的风格,都得承认他的书法是够级别的,放在明清的法帖中,也不怎么逊色(图14)。

三、台静农与沈尹默

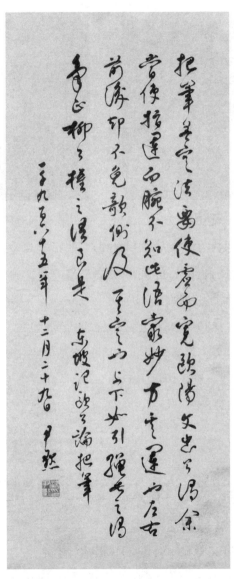

图 14　沈尹默书苏轼论书语录

鲁迅　　　　　　周作人

鲁迅(1881—1936),原名周树人,浙江绍兴人。1918年发表《狂人日记》时,开始用笔名"鲁迅",是他众多笔名中最为人熟知的。

周作人(1885—1967),鲁迅的二弟,"五四"文学革命的倡导者之一,在文化界影响很大。因出任汪伪政权职务,抗战结束后以汉奸罪入狱。1949年以后,以翻译和写作为生。

四、鲁迅与周作人

鲁迅的文章耐读,他的字也很耐看。

郭沫若1964年序《鲁迅诗稿》中评价说:"鲁迅先生亦无心作书家,所遗手迹,自成风格。融冶篆隶于一

四、鲁迅与周作人

炉,听任心腕之交应,质朴而不拘挛,洒脱而有法度,远逾宋唐,直攀魏晋。世人宝之,非因人而贵也。"不能说没有趋时的成分,但这段著名的评语,很内行,值得参考。

鲁迅在文章里激烈地否定传统,甚至让青年"不看中国书",其实他的行文就颇有魏晋古风,似任意而谈,实则严密鲜明。读他的手稿更有趣,在字的构架里、笔画牵带间能直接感受到传统的气息。鲁迅的书法好,已成定论,他的字一看就很有学养,不是简单的三招两式,里面有很多古朴的东西(图15,图16)。

《呐喊》与《彷徨》里,有读三国的劣绅(《风波》)、有玩古董的恶霸(《离婚》)、有之乎者也的落魄文人(《孔乙己》)、有练八卦掌的庸碌青年(《肥皂》)。随着对传统思想的批判,传统人物被丑化,传统的文化行为也被滑稽化了。

而在《呐喊·自序》中,人们了解到作者在写出一系列惊世骇俗的名篇之前,有一段"钞古碑"的年月。文中的"钞古碑"是象征,也是实写。鲁迅嗜好金石书画,民国初期,他热衷于逛琉璃厂,收集古董和碑帖拓片。下班后他则会躲进书房长时间抄写拓片,做整理工作。据《鲁迅日记》,从1913年到1936年,他搜集的

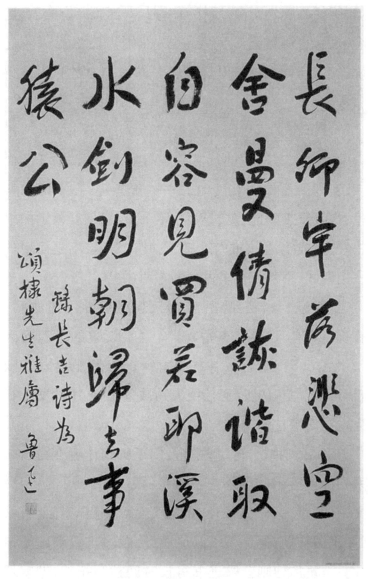

图 15　鲁迅书李贺诗

四、鲁迅与周作人

世界有文学,少女多丰臀。鸡汤代猪肉,北新遂掩门。

名人选小说,入线云有限。虽有望远镜,无奈近视眼。

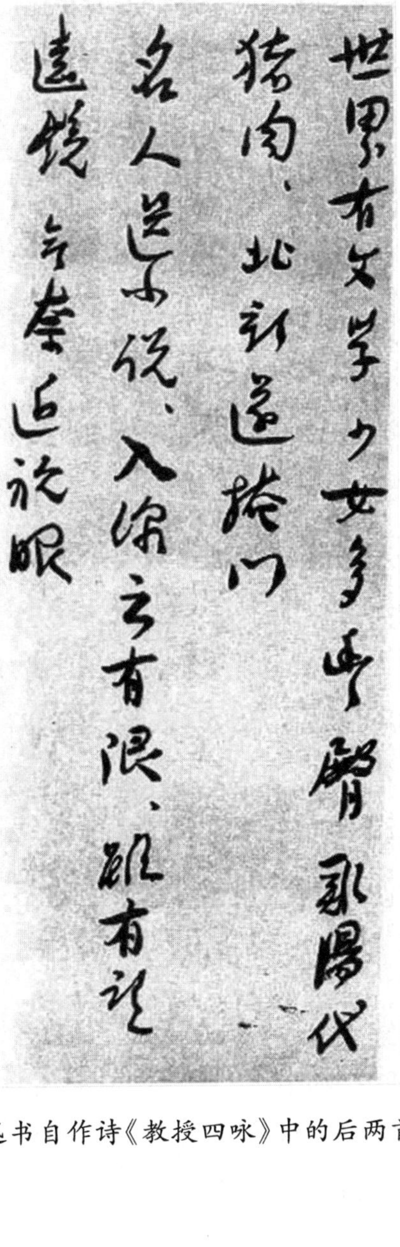

图16 鲁迅书自作诗《教授四咏》中的后两首,各指其人,语含嘲讽。

金石拓本（包括汉画像石拓片）总数达5800张之多，可见他在书法上的见识和眼力。

周作人也喜欢拓片，日记里多次提到碑刻，几位友人曾赠他古碑拓片，看来是投其所好。1933年的日记里，曾记录主人沉迷古砖的事：抱着"大吉"砖下台阶，扭伤脚踝，肿了几天，但兴致不减，订购《古砖图释》多册，又拓砖数本赠送友人。

在20世纪二三十年代的日记中，周作人为人书写条幅、横幅、对联、扇子的记录很多，足以说明他对书法的喜爱。他的字也有明显的隶书意味，比较古朴，笔画纤细，字距疏朗（图17），没有鲁迅的字圆活，显得疏淡冷僻一些。鲁迅与周作人的书法分为两大类，一类是应人之嘱所写的作品，尺幅较大，有意识地按书法作品的形式书写，多有上款。另一类是文稿，包括书信、日记、著作稿和抄校稿等，此类墨迹更能映现他们率意随性的笔墨意趣（图18）。

欣赏手迹与读文章可以互相启发。闲话文风，是周作人主张的散文体式，目的是抒写个人性情，重视世俗生活、日常生活、个人生活，尊重个性发展以彰显人的价值。周作人对传统落后意识的审视同样很犀利，对个人主义和自由主义极其执着。他阐述过一个过于

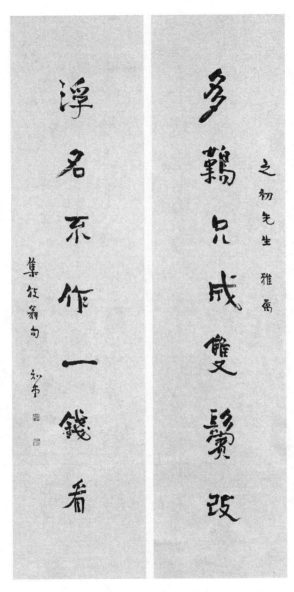

图17　周作人书陆游诗句集联

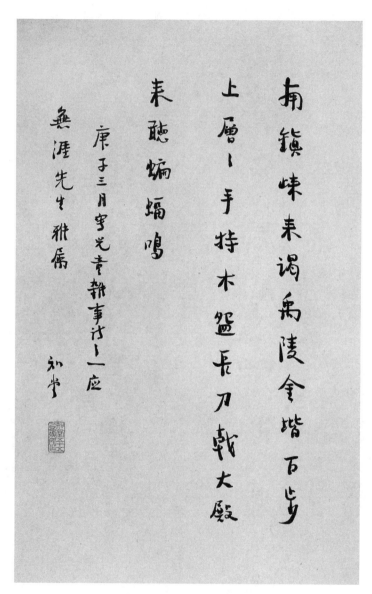

图18　周作人书自作诗

四、鲁迅与周作人

理想化的人道标准:"个人主义的人间本位主义",超越了国家、民族立场,决定了他的写作只能是书斋式的静观。他对民俗学的研究、对文学世界化的设想、对个性的鼓吹,都在为"人间本位"做着注脚。

鲁迅与周作人在很多地方可以并论,这并不因为他们是兄弟关系,而在于他们在"五四"文学革命中的重要作用和他们开宗立派的文学成就。

彻底地反对自己身处的传统,在情感上会痛苦,道理也难以说清,鲁迅用的是"历史中间物"和"反戈一击"的说法。他本着社会进化思想,认为一代一代是进化中的环节,难免旧的积习。自己从旧营垒中走出,反戈一击,更能击敌要害。这时的鲁迅,站在社会、民族的立场发言,并不看重个人趣味。读者在那些反传统的檄文中读出传统情趣,这并不奇怪。

周作人在这一方面没有鲁迅那么纠结,他更善于在时代与历史间寻找共性。他特别推崇明末文人"独抒性灵"的呼声,认为"五四"文学革命是性灵主张的复兴。

表面看,鲁迅持社会进化论,周作人持历史循环论,实际不那么简单。社会进化思想是清末民初一代知识分子的精神信仰,是他们革新政治、革新文化的理论基础。社会阅历、生活实感又让他们很容易回到历史循环的老理上来。周氏兄弟也是这样。相比之下，鲁迅更热衷于变革，更多些知其不可而为之的担当意识。他在文坛上始终像一个斗士，周作人则从斗士变成了隐士。

比较周氏兄弟是一个庞大的课题，但也有简单有趣的说法可资借鉴。林语堂说："周氏兄弟，趋两极端。鲁迅极热，作人极冷。两人都有天才，而冷不如热。"又补充道："两人都是绍兴师爷，都是深懂世故。"绍兴明清多出幕僚，富于机心，长于文字。

两人的文章，都很老辣。人们都知道鲁迅的"骂"人功夫了得，善于画论敌的漫画，然后指着其特点——笑骂，让人无地自容。周作人则是擅长话里有话地发牢骚，不过常常说得太隐蔽，颇为费解。如他那篇著名的《谈酒》，通篇都是讲酿酒、饮酒，只是最末一段，话锋突然闪了几闪，大意是批评青年们把解放个性搞成耽酒纵欲了。如发太极内劲，不细看还看不出来。1927年，鲁迅迁居上海，已经疏远的周氏兄弟从此势如参商。鲁迅代表着新兴的"左翼"文化，北京的周作人代表着人文主义。鲁迅批评闲话文风是"小摆设"，周作人反唇相讥，说"左翼"文学不过是"祭器"。

四、鲁迅与周作人

周作人散文以"平淡"著称,他常叹难得平淡之境。周作人个性绝不平淡,他既沉思静观,又愤世嫉俗;在文艺上极具批判眼光,又不喜欢热闹纷争;他是位笔耕不辍的文章写手,又赞同"一说便俗""不立文字"的趣味和境界。他的文章的丰富性和矛盾性是不能以平淡论的,堪称平淡的主要是文章的情感表达和语言风味。

朱光潜曾评《雨天的书》"清""冷""简洁",其中的"冷"就是指周作人散文情感的内敛。周作人曾说:"人的脸上固然不可没有表情,但我想只要淡淡地表示就好,譬如微微一笑,或是在眼光中露出一种感情。"这种淡淡的表情是周作人文章中常有的表情,在这表情之后的态度和心境却并不那么平淡。他所主张的闲适平和在现实中空间实在太小了。他的文章与其说归之于平淡,不如说归之于欲平淡而不得的怅然。周作人评价日本诗人小林一茶:"他是个烦恼具足的凡夫,但归根是信弥陀的,他遇见不幸或穷或老等事非常的慨叹,但一面也有以为有趣的态度。"在周作人的小品文中总表现出类似的趣味。

鲁迅的文章呼应时代,不追求超脱恒久的感觉。他嘲笑隐士们"泰山崩,黄河溢,隐士们目无见,耳无闻,但苟有议及自己们或他的一伙的,则虽千里之外,半句之微,他便耳聪目明,奋袂而起",对超阶级的作家,他说"恰如用自己的手拔着头发,要离开地球一样"。说法虽形象生动,并不是他的好文章。他最好的散文是《野草》中的一些篇章,是独语而非论战,暴露出热烈的情感和不安的灵魂。比如《死火》,在冰山中冻着的一团如红珊瑚的火焰,渐渐的熄灭,它盼望着解放出来燃烧,虽然烧尽与冻灭的结局相同。

鲁迅文章中的幽默感也是过人的,中和了他的愤怒。《秋夜》的开头很出名:"在我的后园,可以看见墙外有两株树,一株是枣树,还有一株也是枣树。"明白这句话在文中的合理需要通读全篇,而要理解其中的幽默感就需要多读几篇才行。《风波》中说九斤老太"虽然高寿,耳朵却不很聋,但也没有听到",也是同样的出其不意,具有喜剧效果。用文字画漫画是很多作家喜欢的手法,但鲁迅比老舍、张天翼要高明,他不刻意去搞笑。

有些大作家不善幽默,茅盾是,巴金尤其是。周作人却是幽默的,虽然他的文章表情平淡。他自己不太说笑,常常把有趣的材料摘录下来,显出不掠美的诚实,也不用担不可笑的责任和油滑的嫌疑。

四、鲁迅与周作人

从艺术气质来讲,鲁迅文章确实比周作人文章更热,更加温暖活泼。鲁迅的字也显得温厚,从技巧上看,鲁迅的字法度更完备,用行楷书化用篆隶笔意,笔画圆实,连带活泼(图19)。如果从精神上讲,则难论高下,只能说品格不同,各美其美。

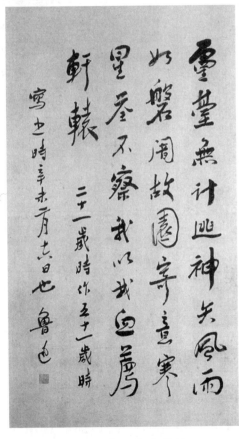

图19 鲁迅书自作诗

梁实秋

梁实秋(1903—1987),浙江余杭人,生于北京。早年专注于文学批评,被视为"京派"文人的代表。1949年到台湾,任教于台湾师范大学。

五、梁实秋

梁实秋,散文集《雅舍小品》的作者,《莎士比亚全集》的中文译者,著有《英国文学史》。

很多中年人初识梁实秋大名,源于鲁迅杂文《"丧家的""资本家的乏走狗"》,在那篇热辣犀利的高中课文里,鲁迅步步紧逼、连连发招,使梁实秋无处遁形,

五、梁实秋

最后以一"乏"字,点穴轻取。梁实秋在鲁迅笔下成了丑角。

20世纪90年代初,贴近世俗生活的散文广受欢迎,名家散文的出版随之红火起来。不少人才由《雅舍小品》发现了另一个幽默儒雅的梁实秋。梁出版的散文、小品、杂文集多达二十多种,《雅舍小品》影响最大,风行海内外,发行不下百版,据说创中国现代散文发行量的最高纪录。

"雅舍"是抗战期间梁实秋在重庆北碚的简陋居所。梁那时开始在重庆报刊开设专栏"雅舍小品",发表杂谈随感,每篇不超过两千字。《雅舍小品》1949年出版,收小品散文34篇。此后,作者在20世纪七八十年代,又先后续写了三集。"雅舍"成了梁实秋毕生的文学总题,在疾风劲雨的时代变迁中构筑人生"雅舍",成了他文学情怀的一个象征。

这"雅舍",我初来时仅求其能蔽风雨,并不敢存奢望,现在住了两个多月,我的好感油然而生。虽然我已渐渐感觉它是并不能蔽风雨,因为有窗而无玻璃,风来则洞若凉亭,有瓦而空隙不少,雨来则渗如滴漏。纵然不能蔽风雨,"雅舍"还是自有它的个性。有个性就可爱。

1926年，梁实秋发表理论文章《现代中国文学之浪漫的趋势》，批评"五四"文学的轻视理性，求新务奇，显示出白璧德新人文主义的影响。他崇尚古典主义美学观，反对情感泛滥不加检束的文学创作，主张节制，以达到人性的平衡与和谐。他写《文人有行》，痛斥"五四"以来文人的"通病"：色情狂、夸大狂、被迫狂、显示狂，认为"第一流的大文学家往往都是健全的人，他们的生活常常是有规矩的不怪癖的"。

梁实秋文艺标准是适度，不全出于社会功利目的，主要出自内心对善与美的感知。这种情与智的适度，就是古人所说的雅（图20）。文质彬彬，不激不厉。这种适度，难以言之，有人说中庸，有人说有趣。达不到的则谓之过分或者无聊。把流离中的陋室称为"雅舍"，虽是笑谈，但与梁实秋对雅的理解并不冲突，雅绝非俗士理解的风月之吟、倜傥之姿，与奢华简朴没有直接关系。

20世纪30年代，在共产党被国民党严重打压的历史背景下，代表马克思文艺观和共产党立场的"左翼"文学异军突起。"左翼"文学的大本营在上海，常在租界活动。此时在京津等北方城市的一些学者文人，不满于"左翼"文学的激进姿态和政治化倾向，对

五、梁实秋

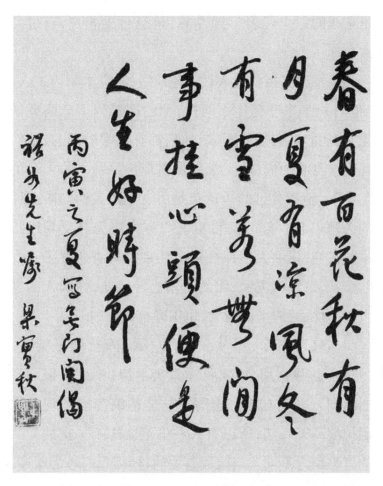

图20　梁实秋书宋代无门慧开禅师的一首著名诗作

活跃在上海的政治化文学和商业化文学都不以为然。这批持自由主义态度的文艺家被称为"京派"。京派的宗师是周作人，创作上的代表是沈从文。梁实秋也是京派的一个代表,与"左翼"阵营意见相左,有过几次交锋。

梁实秋坚持认为人性是超阶级的,资本家与工人,"他们人性并没有什么两样,他们都感到生老病死的无常,他们都有爱的要求,他们都有伦常的观念,他们都企求身心的愉快,文学就是表现这最基本的人性的艺术"。他和鲁迅的争论正是由文学的人性与阶级性的话题引起。鲁迅反唇相讥:"穷人决无开交易所折本的懊恼,煤油大王那会知道北京捡煤渣老婆子身受的酸辛,饥区的灾民,大约总不去种兰花,像阔人的老太爷一样,贾府上的焦大,也不爱林妹妹的。"

与鲁迅论争,梁实秋与"左翼"阵营结下梁子。1938年抗战初期,梁实秋在重庆主持《中央日报·平明副刊》,其间在副刊上写了这样的编者按:"现在中国抗战高于一切,所以有人一下笔就忘不了抗战。我的意见稍为不同。与抗战有关的材料,我们最为欢迎,但是与抗战无关的材料,只要真实流畅,也是好的,不必勉强把抗战截搭上去。至于空洞的'抗战八股',那是对谁都没有益处的。"这段话引起了很多质疑和批评,左翼人士口诛笔伐,连续发炮。

1940年,梁实秋本来想随一个代表团到延安访问。毛泽东发电报说,我们不欢迎梁实秋来,梁实秋只好作罢。1942年《在延安文艺座谈会上的讲话》,毛泽东又把梁实秋定为"为资产阶级文学服务的代表人物"。在1953年版的《毛泽东选集》第三卷中,关于梁实秋的注释为:"梁实秋,是反革命的国家社会党党员。他长时期宣传美国反动资产阶级文艺思想,坚持反革命,咒骂革命文艺。"1949年梁实秋去台湾后直到20世纪80年代中期,他的作品在大陆没有出版过。如今,中学语文课本中已有了梁实秋文章,鲁迅的《"丧家的""资本家的乏走狗"》数年前已从课本中去除。

20世纪30年代京派作家持比较单纯的文人立场,不想趋时,甚至与时风对着干,周作人自命"半是儒家半释家",沈从文自称"乡下人",表明不入流俗之志。梁实秋比他们老实,做"有行"的"文人"。《雅舍小品》表达书斋中的静观之趣。没有周作人的学问,没有沈从文的才情,它好在情调的适度,不温不火。写世俗生活,又有超然之心;笔调幽默,又朴实真挚;文言调和白话,语言活泼而又硬朗,如余光中所评:"梁氏笔法一开始就逐走了西化,留下了文言。他认为文言并未死去,反之,要写好白话文,一定得读通文言文。

他的散文里使用文言的成分颇高,但不是任其并列,而是加以调和。他自称文白夹杂,其实应该是文白融会。"

写散文并非梁实秋的主业,他一生研究、著述,最引以为荣的是莎士比亚作品的翻译。

看二毛生矣,指顾间,韶光似水,从何说起。诗酒情豪抛我去,俯首推敲译事。隔异代,谬托知己。笔不生花空咄咄,最踌躇含咀双关意。须捻断,茶烟里。

这是梁实秋所填《金缕曲》的上阕,道出他翻译《莎士比亚全集》的酸甜苦辣。

1987年,梁实秋去世前几个月接受台湾记者采访,谈到翻译莎士比亚一事。梁感慨,我已与莎士比亚绝交!梁氏断断续续用时30年翻译巨著,困难重重,俯首推敲,捻须沉思,时光如水,发已花白。光莎氏剧中的双关语,就费了多少心思。提到莎士比亚,爱恨交加,一言难尽。他曾说,这是他能作得最大的一项贡献。

"读书要读第一流的书",这是梁实秋的读书习惯。当年他接受胡适建议翻译莎士比亚作品,正是"第一流书"的吸引。对杜甫诗歌的精读也是一个例子。一本《杜诗详注》,跟随了他50年,1349首杜诗,圈点无缺。对于书法,他则是钟情于"二王"。在故宫看到王羲之父子的作品,"我痴痴地看,呆呆地看。我爱。我恨,我怨。爱古人之高妙,恨自己之不成材,怨上天对一般人赋予之吝啬"。

对于文艺,梁实秋推重天才,认为真正的成就是少数天才人物造成的。他对文学这样看,对书法也这样看。要扭转书法的颓运,需"有计划的培植有志于书法的艺术天才,使他们在书法上用几十年的功夫"。"此事不能期望于大众,只能由少数天才维持于不坠。"

推崇经典与抑制个性,两者互为因果。对于梁实秋,两者没有隔阂,是同一的。梁氏的文风与书风,都趋于平和干净,没有大的波澜。梁在写文章上悟出的道理是"少说废话","短文章未必好,坏文章一定长"。他的文章确实精炼,最擅长的就是《雅舍小品》中的那些千字文。但从另一面看,简约固然好,过分强调则显出一种学者式的洁癖,生趣要少一些。梁氏的书法给人的感觉也是这样,很清雅,很娴熟,一看就是二王的路子,但还显拘谨,缺少晋人书法悠游不迫、不拘一格的风范,也缺少我行我素、自成一家的气魄(图21)。当然,后者未必是梁实秋追求的东西,他未必喜欢如鲁迅那样个性鲜明的字和文章。

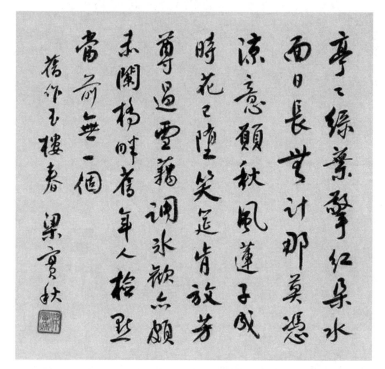

图 21　梁实秋书自作诗

谈到自己的字,梁实秋很谦虚,说只是年轻时临过两年碑帖,此后一直未下功夫。也学过画梅花和山水,"依猫画虎,自己没有创作力"。这大概也是实情,他并未在翰墨上下大力气。但民国文人日常书写多用毛笔,书法就在他们的生活中。梁实秋中年以后才改用硬笔,晚年他在台湾书名很高,慕名求字的不少,他的字一看就很有修养,适合挂在书斋。

虽然梁氏谈书法的文章寥寥,但总让人读出一种很清高的文艺观。比如他在《写字》中说:

> 凿石摹壁的大字,如果不能使山川生色,就不如给当铺酱园写写招牌,至不济也可以给煤栈写"南山高煤"。有些人的字不宜在壁上题诗,写春联或"抬头见喜"就合适得多。有的人写字技术非常娴熟,在茶壶盖上写"一片冰心"是可以胜任的,却偏爱给人题跋字画。中堂条幅对联,其实是人人都可以写的,不过悬挂的地点应该有个分别,有的宜于挂在书斋客堂,有的宜于挂在饭铺理发馆,求其环境配合,气味相投,如是而已。

他看书法,首重格调的雅俗(图22)。格调不够,即使技法再熟,也难入雅室。大概他觉得目光所及,能入高格的字,太少太少了。

● 笔墨双城——中国现代作家的文风墨韵

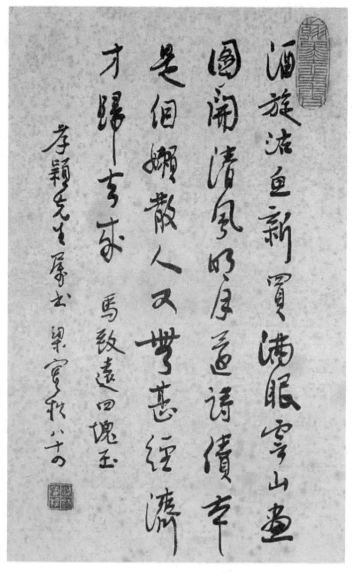

图22 梁实秋书元曲

茅　盾

茅盾(1896—1981),沈德鸿,字雁冰,浙江嘉兴人。1927年以"茅盾"为笔名发表小说《幻灭》。"左翼"作家代表。中华人民共和国第一任文化部部长。

六、茅盾

几年前,在一个大的拍卖会上,茅盾致施蛰存的一封信备受关注,估价四五千的两页信札,以人们意想不到的高价成交,一时成了一个话题。这封信写于1979年,两位老人的家常话里透露了不少文化信息,收藏价值不容小视。

施蛰存(1905—2003)名声虽没有茅盾那么响亮，但也是一位了不起的学者、作家。他在20世纪30年代创造性地写了一系列心理小说，《梅雨之夕》写一位已婚男子在雨中偶遇年轻女子，在一段沉默的同行之路上，男子内心的闪烁起伏就是故事的全部。《将军底头》也是男女邂逅引起的故事，英武的将军在战斗中心神不宁，被削去了头颅。无头的将军依然来到暗恋女子洗衣的溪边，直到听到女子的惊叹和讪笑，才轰然倒地。显然，施蛰存关注的不是头脑，而是心，是潜意识。

施蛰存关于治学有"四窗"之喻："东窗"是古典文学的鉴赏，"南窗"是现代文学的创作，"西窗"是外国文学的翻译，"北窗"是金石碑版的研究。他的内心世界真是通透。20世纪前期出了一批这样的人物。他们有很好的传统功底，海外取过经，正当新文化新文学的开创期，视野和魄力都胜于今人。

茅盾也是一个在研究、翻译、创作上都卓然成家的人物，在政治方面也有作为。他最早以文学理论和文学批评成名。"五四"时期，沈雁冰就名震新文坛，是文学研究会的首席评论家。同时他参与了上海共产主义小组，筹建中国共产党。国共合作破裂之后，共产党处境艰难。他在流亡中致力于文学创作,始以"茅盾"为笔名,是"左翼"文学的扛旗者。

施蛰存和茅盾是半个世纪的老友。1979年,施蛰存偶尔看到书上茅盾的题字,认为"大有瘦金体笔意"(图23),写信"欲乞先生为书一小条幅"。时已83岁高龄的茅盾,对老朋友的请求自然不会拒绝,他在这封回信中说:"我的字不成什么体,瘦金看过,未学,少年时曾临《董美人碑》,后来乱写。近来嘱写书名、刊名者甚多,推托不掉,大胆书写,都不名一格。"这段话成了研究茅盾书法风格的重要资料。

晚年的茅盾由于在文化界德高望重,题字很多。据说,收到茅盾题签、题字的单位和个人,为表谢意,纷纷寄去"润笔",可茅盾分文不取,嘱咐家人按汇款者地址一一退回。他的一些文友在书信往还中,问候、请益、探讨之余,几乎无一例外的有一个请求,以获得茅公的一幅墨宝为幸。其中不乏像巴金、施蛰存、姚雪垠、周而复、戈宝权、赵清阁这样的名家。

施蛰存把茅盾的书风归于"瘦金",是有道理的。宋徽宗赵佶的瘦金书集合了瘦劲和飘逸两个特点,这在茅盾书风中也能看到。瘦金书很有特色,字学初唐,撇捺间还带些兰竹的画意。但从书法史中看,格局有

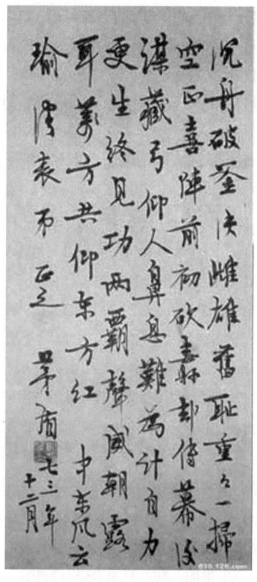

图23 茅盾书自作诗《中东风云》

六、茅盾

点小，真正下功夫去学的人并不多。但瘦金书结构中的谨严与舒展是很多名家字里都有的，从欧字、柳字中都能学到。比如启功的书风就有瘦金笔意，但启功先生说自己"先学赵董后欧阳，晚爱诚悬竞体芳"，看来启功书法主要是受欧阳询、柳公权（诚悬）的影响。施蛰存所说"大有瘦金体笔意"，大概意在赞扬茅盾字里的瘦劲和飘逸，不必理解成是从瘦金出来的。茅盾的回信谦虚而诚恳，"瘦金看过，未学"，值得玩味，也许他认为瘦金书不够范本的资格。《董美人墓志》是隋代刻石，撰文者为隋文帝第三子蜀王杨秀，董美人为其爱妃，病逝时年方十九，杨秀撰文以表哀悼，书者则不详。隋代书法，上承北魏书体，下开唐楷新风，是南北朝到唐之间的津梁。《董美人墓志》历来评价很高，堪称隋志小楷中第一，属历代墓志的上品。笔法虽脱去隶意，结构上还有宽松之感，具有唐楷少有的萧散古朴。从师法的角度，学瘦金当然比学董美人逊了一等。

  茅盾自小在文学艺术上受到家庭熏陶。其祖父是个秀才，虽屡考乡试而未中，却善写大字，为人写匾额、堂名、楼名以至对联，不喜署名，自谓"为人写字，聊以自娱，非以求名"。茅盾早年丧父，多得母亲启蒙，其母亦通翰墨。18岁那年，茅盾考上北京大学，得到著名学者、书法家沈尹默和沈坚士指点,艺术上更是进步很大。

20世纪二三十年代,洋笔、洋纸在上海、北京等大都市推广,茅盾开始使用钢笔(图24),他在那个时期创作的《蚀》《虹》《子夜》都是用钢笔写的。抗战以后,大后方物资匮乏,洋纸很难见到,多用毛边纸或土纸,不适于钢笔,茅盾又改用毛笔,直至晚年。

据茅盾家人的回忆文章,茅盾对笔墨纸并不讲究,有什么用什么,他们也没有见到茅盾临过什么字帖。茅盾从来不认为自己是书法家,有一次《书法》杂志请他题签,一向有求必应的茅盾推辞了,觉得自己写不合适。

茅盾生于1896年。"五四"时期(1917—1927)出现的重要作家大都是这个年龄,在二三十岁崭露头角。他们自小受传统教育,读书习字都打下了良好的根基。他们并不专攻书法,未必擅长大字,但日常书写的手稿却颇为可观。少年功底加上常年锤炼加上文化修养,字不好倒奇怪了。茅盾正是这样,他专心临摹过的法帖也许不多,但看过的好字一定少不了。他的字并不求奇求古,而是端庄流利,雅俗共赏。其中的"秀"和"谨"传达了他的艺术气质,与我们在他小说中感受到

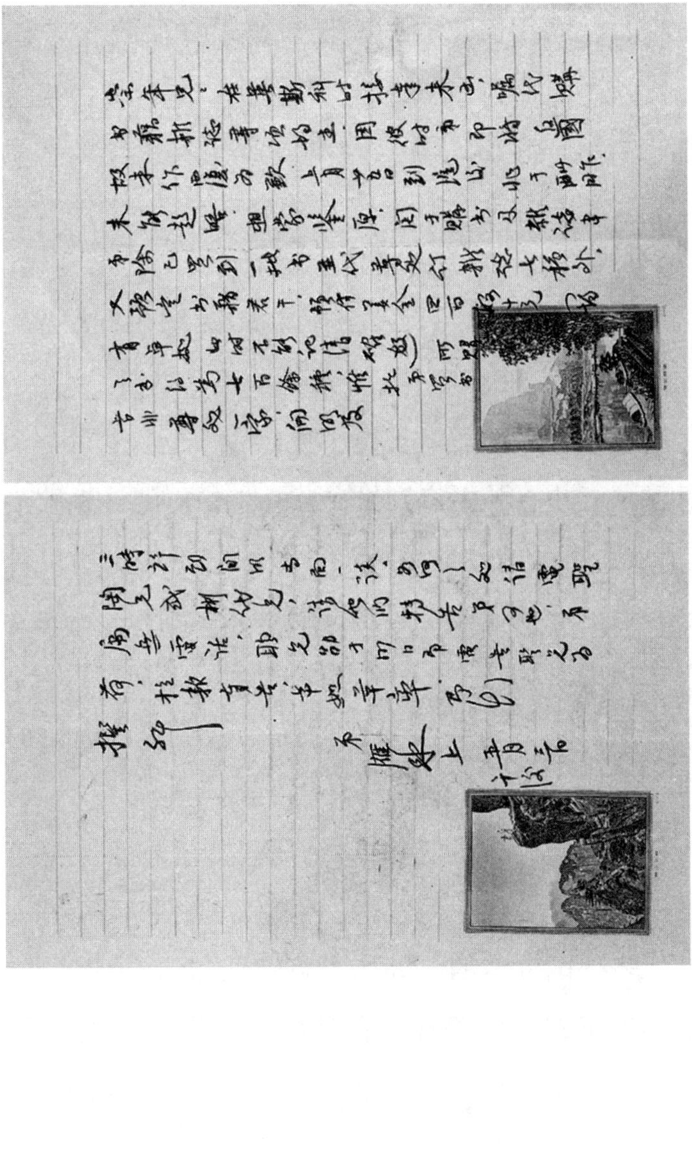

图 24　茅盾书信

的气息比较合拍。

夏志清在《中国现代小说史》中比较茅盾和老舍在20世纪30年代的小说创作，说得很有意思：

> 茅盾的文章，用字华丽铺陈；老舍则往往能写出纯粹北平方言。如果用历来习用的南北文学传统来衡量，我们可以说，老舍代表北方和个人主义，个性直截了当，富幽默感；而茅盾则有阴柔的南方气，浪漫、哀伤、强调感官经验。茅盾善于描写女人；老舍的主角则几乎全是男人，他总是尽量地避免浪漫的题材。

夏志清喜欢茅盾的长篇小说《虹》，这是描写一个女性的成长史。从婚恋到投身社会工作再到接触政治运动，女主人公的故事是与"五四"时代的中国历史风云联系着的。他很善于写这样的"时代女性"，她们受变革之风的影响，不甘平庸，野心勃勃，成就不了事业就去征服男人。这些新女性的描写总带着些肉欲的艳色。

《子夜》是茅盾的长篇力作，写民族资本家吴荪甫为发展自己的工业集团，孤注一掷，在公债市场投机，终被代表外国资本的买办商人打败的故事，说明中国不能搞资本主义的道理。它是被"左翼"高度肯定的作品。这部作品有多条线索，人物庞杂，头绪繁多，结构安排上充分显示了作者的功力,开阔而严谨,被誉为"社会科学报告式"的作品。

不过这部作品也比较沉闷,不怎么抓人。大多数篇幅写的是主人公的工作状态:与竞争对手斗,与合作伙伴斗,与厂里的工人斗。生活情感方面内容太弱,因为作者太想追求大格局了。虽有艳丽女性的点缀,但男女情感并没有充分地组织到主要情节中,吴荪甫的家庭生活故事过于简单。总体来说,茅盾作品虽然不乏浪漫的笔调,却过于严肃,注重的是社会政治经济内容和时代感,传达他对中国社会的理性思考,其观点则来自马克思主义。

这位拥有华丽文笔和浪漫情怀的作家,在文学创作上有着非同寻常的雄心,他不仅刻画出中国社会的主要面貌,还要剖析其间的主要问题。他的描写"强调感官经验",但创作中理性思考总占了上风。他是追求史诗品格的作家,《子夜》的视野虽广,但并没有实现他的庞大计划。

有趣的是,读茅盾手稿,会有一种刚健难掩婀娜的感觉。基本追求是刚健。字的取法很正,欧、柳一路。结体以正为本,以斜取势。提笔很多,以表现字中筋力。但笔画间柔婉的感觉也不少,纤细的地方有些多了，有时力度不够（图25）。难怪施蛰存联想到瘦金书。茅盾的一些题签则很好，如古人所说"年高手硬"，工与不工皆有，是老书法家笔下的感觉。

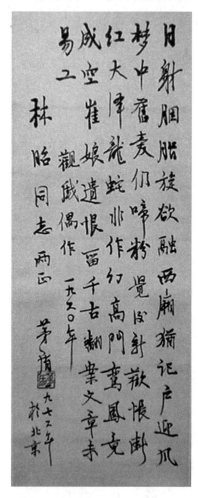

图25　茅盾书自作诗《观戏偶作》

郭沫若

郭沫若(1892—1978),生于四川乐山,1921年出版诗集《女神》,是中国现代新诗的奠基之作。抗战时期创作了《屈原》等一批历史题材话剧。1949年以后,担任过许多科技文化领域的要职。

七、郭沫若

人说郭沫若是一位才子。他的诗是才子之诗,他的字是才子之字,他的行为是才子之行。

如果这样评价一位年轻的艺术家,自然是赞扬。对于郭沫若这位"五四"文学的干将、学术与艺术的达人、共产党文艺的旗手、新中国文化界的泰斗,"才子"之誉在肯定之外,意味颇多。

1961年,岳阳楼大修,当地政府致信毛泽东,请求题名。毛泽东将此事转交郭沫若,说郭老是史学家、考古学家,又是书法家,由他题写更合适。据说郭沫若写了好几张,装信封呈主席审定,毛泽东却看中了信封上郭随手而书的"岳阳楼"三字,如今岳阳楼的楼名正是这三个字。

更具历史人文价值的"黄帝陵"也是毛泽东钦命郭沫若题写,替换了蒋介石原先的题字(图26)。汇财聚宝的"中国银行""故宫博物院"也是郭的手迹。

郭沫若题字极多,新闻出版、文博、商贸等许多领域都有涉及,有人搜集他的题名、题词,亦成皇皇大著,足见其人生前的地位和他的好书与善书。

抗战时期,常有人到郭沫若家里送纸求字,纸越积越多,郭每隔一两个月,就清理一回,偿还"字债"。他在《苏联纪行》中曾写道:"天气热不可耐,昨晚在地板睡了一夜。醒来的时候还不到四点钟,趁着立群和孩子们还在睡,索性把积下的字债还清了,一共写了四十二张。"

郭沫若诸体皆能,楷书基础是颜体,手稿中的小楷

七、郭沫若

图26　郭沫若题"黄帝陵"

又多具六朝写经笔意,细辨仍带着颜体的宽博之气;作为古文字学家,写篆书不在话下,但笔力较弱;隶书写得少,真正的草书也少见;最典型的郭书是行草,他题字、题词、书赠他人绝大多数用行草(图27)。他的字取法很广,从源流看,更接近于宋人,苏轼、米芾的味道最多,黄庭坚的味儿也有一些,整体上又颇有明代狂士徐渭的感觉。翻看《郭沫若书法字汇》,单个看他的字,多上小下大,呈梯形。这种字形接近苏轼,间接受了颜真卿的影响(图28)。颜真卿的字一改前人欹侧舒展的姿态,转为外敛内放,外正内欹,把孔雀舞改成了蒙古舞。颜的行书字势比较正,学不好单调笨拙,学好了能兼容篆隶。受颜影响的苏轼、刘墉、何绍基等人的字,大形不优美,以字内的笔画穿插取胜。郭沫若的字也属于这一路。

沈尹默曾赠诗郭沫若:

郭公余事书千纸,

虎卧龙腾自有神。

意造妙掺无法法,

东坡元是解书人。

此诗虽多溢美,评价却很全面:一、书法对于郭沫若这样的大人物、大学者是余事、小道,但兴之所至,写

七、郭沫若

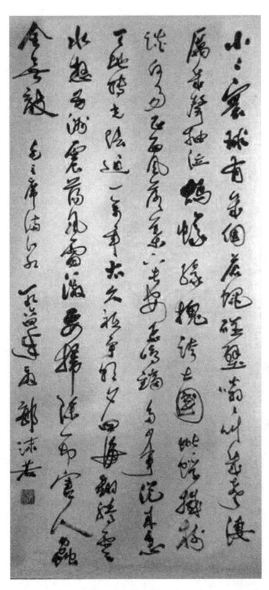

图27　郭沫若书毛泽东《满江红·和郭沫若同志》

● 笔墨双城——中国现代作家的文风墨韵

图28　郭沫若书王安石诗句

七、郭沫若

得却不少;二、郭书的趣味是活力四射,气势夺人;三、郭书受苏轼书法影响很大;四、苏轼自称"我书意造本无法",敢于自出己意,无法之法才是最高境界。

诗无达诂,这首诗也可以从另一面理解:一、郭沫若在书法上下的功夫不够;二、过于张扬,欠缺法度;三、郭书秉承宋人尚意之风,有新意毛病也不少;四、解书人未必是善书人。苏轼诗云"我虽不善书,晓书莫如我。苟能通其意,常谓不学可",语颇旷达,但书法怎么离得开法度和功力。

郭沫若的字正是这样,有明显的争议,同一个特点,会引起不同的看法(图29)。有人说风流儒雅,有人则说荒率轻浮;有人说雄浑劲健,有人则说张牙舞爪;有人说华,有人则说是花。究其原因,除了审美趣味的差异,就是以人格论书的传统书法观的影响。

1949年以后的郭沫若,主要以一个文化高官的身份出现在公众面前,他在政坛上的表现、表演,给国人留下了深刻印象。这位"五四"以来的屡经风浪的弄潮儿,要想在中华人民共和国成立后的历次政治运动以至"文革"中屹立不倒,谈何容易。时势造就的不是狂狷耿介的名士,而是风雅乖觉的侍臣。今天人们谈到大诗人郭沫若,往往提到的是他献给领袖及其夫人

● 笔墨双城——中国现代作家的文风墨韵

图29　郭沫若书对联

七、郭沫若

的露骨的吹捧诗,仅此就足以形成对一个人的顽固印象。董桥在《字缘》中道:"沈尹默的字有亭台楼阁的气息;鲁迅的字完全适合摊在文人纪念馆里;郭沫若的字是宫廷长廊上南书房行走的得意步伐。"这与古人书论中废蔡京、贬赵孟頫是一个道理。

如果只从趣味上讲,郭沫若的字活泼有余,静气不足,表现为用笔上率意多提按少,点线上碰撞多避就少,气息上流动多沉厚少。

《沫若自传》中,作者回忆了少年时代学习苏轼书法,喜欢"苏字的不用中锋,连真带草",他不想受正楷字形的拘束,也不想受中锋笔法的拘束。中锋用笔是一个很有趣的书法观念,已经不单是技巧问题,纯粹的中锋根本无法实现,行笔中的由偏入正、起收有致,就不单是为合理使用工具,而最终是要收束心性,心笔合一,达到静穆平和的艺术境界。这种传统性格郭沫若身上是比较少的。

"有笔在手,有话在口。以手写口,龙蛇乱走。心无汉唐,目无钟王。老当益壮,兴到如狂。"郭沫若70岁时曾写有此语,激情不减当年。

当年轻的郭沫若带着《女神》初入文坛,狂呼着自己的口号:

> 我是一条天狗呀!
> 我把月来吞了,
> 我把日来吞了,
> 我把一切的星球来吞了,
> 我把全宇宙来吞了。
> 我便是我了!
>
> （《天狗》）

直如"五四"时代的摇滚歌手,粗粝鲜明,放射着反叛的激情。他的《凤凰涅槃》更是豪壮,尽情地宣泄郁闷,标榜自我,凤凰更生后的合唱如同不息的海浪,一浪接着一浪,似乎要唱到精疲力竭为止。《女神》中的很多诗作都像是酒后的狂歌,只有大声喊出来才有诗味儿。郭沫若认为性发育早与耳聋促成了他的早熟与想象力,《女神》中的荷尔蒙气息很明显,而那种狂喊大叫的架势是否与诗人听力不好有关？值得研究。

用他自己的话阐释自己的诗：

> 当我接触惠特曼的《草叶集》的时候,正是"五四"运动发动的那一年,个人的郁积,民族的郁积,在这时代出了喷火口,也找到了喷火的方式,我在那里差不多是狂了。

《女神》中尽管有许多清浅之诗、粗陋之诗,其中

七、郭沫若

的几首代表作却是激情充沛、个性鲜明,虽并无佳句可传,但整体气势足以震慑古今了。

20世纪30年代,投身"左翼"文艺运动的郭沫若彻底否定了"五四"的个人主义,他不再推崇自我表现,不再说艺术是不得不发的内心冲动,而是强调阶级意识和集体意识,让文艺为伟大的社会革命服务。到1949年10月后,身居要职的郭沫若主要角色已不是作家、学者,而是社会活动家了。所谓社会活动家,用鲁迅的说法,是政治的帮闲。郭的诗经历了从"五四"时期的抒情发泄到宣传代言到附和应酬的转变,他的诗再也没有达到《女神》的高度,虽然他的激情依然、艺术手段越来越多、见解越来越深。就像一个头头是道的学者,其性格魅力远比不上当年那个咋咋呼呼的傻小子斗士。

晚年的郭沫若"自叹人已老,而书不老,可为憾耳",自然是谦虚之词。郭沫若是一位富于激情的诗人和书家,他的个性决定了在艺术上既不中庸,也不无为,决定了他达不到传统的"复归平正"的老境。这性格中的激情,或者可以称为风骚之气,在他的诗里没有消退,在字里则保持得更为纯粹。如果诗是一个歌者的歌,那字或可说是他的腔调。

郭沫若的字被尊为"郭体",这是书法风格鲜明并有广泛影响的标志。当代还有"毛体""舒体""启体"等等,说法越来越多。其实古来称体的书家很少,除欧颜柳赵等楷书大家外几乎没有,看来什么体并不是随便叫的,有百世楷模之意。从艺术的角度,郭沫若境界很高;从师法的角度,"郭体"并不是好的范本,个性突出,才气毕现,不易学也不宜学。

叶圣陶

叶圣陶(1894—1988),江苏苏州人。长期在教育界工作,作品也多写教育界的人物,代表作是1923年发表的长篇小说《倪焕之》。1949年后,担任过教育部副部长。

八、叶圣陶

叶圣陶也是作家中的善书者。

同许多长于书法的现代作家一样,叶圣陶常说自己不懂书法。这当然是谦虚,却不仅仅是谦虚,潜台词大概是:一、自己并没有专攻书法,不必去争这个书法家的名头;二、个人写个人的字,好坏得别人说,不应当自居行家;三、给别人写字是推脱不过,本无意炫耀。

叶圣陶生于1894年。"五四"时期走上文坛的新文学作家大多生于这一时期。郁达夫、茅盾生于1896年,徐志摩、王统照生于1897年,许地山生于1893年,林语堂生于1895年。他们从小接受传统教育,少年时期进入新式学堂,20岁出头受到新文化运动的鼓舞,而立之年已经在文学界有所建树。

这一代作家都习惯于用毛笔写稿,他们的文稿和书信都很有收藏价值。因为文名很盛,也常有人索求墨宝,因此他们留下的大字也不少。他们的书法是在日积月累的书写中逐渐成熟起来的,有鲜明的个人特色,与他们的性格与情趣的结合点很多。

苏东坡有诗句云:"吾虽不善书,晓书莫如我。苟能通其意,常谓不学可。"虽语近诙谐,却颇能点出书法真义,不学的意思是不亦步亦趋地学别人,学书贵在理解书法精神。传统书法观是以文达意,以书传文,离开了思想和情趣,离开了文意,书法就立不起来了。这一代作家是这种书法观的坚定支持者,他们在书写上也下功夫,但更注重意义的传达。不以书法自矜,是真正的晓书者。

1913年的《圣陶日记》是现在能见到最早的叶氏

八、叶圣陶

手迹。结体瘦长,略向左倾,有北碑的味道,与同时期李叔同的书法有些接近。在日记的扉页上,叶圣陶特意注明:"此册摹仿李叔同当时之字,《太平报》文艺版多载李之字画。"当时叶圣陶刚刚中学毕业,担任小学教员,教学之余常与朋友切磋书法篆刻。日记中,记录了叶圣陶为朋友刻印,共同欣赏祝枝山书卷、赵子昂字帖,书写文字赠予友人的诸多事项。到20世纪50年代、70年代,他日记中与朋友互赠书法作品、共赏书家墨迹的记录也不少(图30)。随着改革开放,文化思想领域日益活跃,晚年叶圣陶的书法交往逐渐增多,他为姚雪垠、陈从周、吕叔湘、吕剑等老友新朋写字的事,均有记录。叶圣陶晚年书名很盛,流传很广的《中学生字帖》就是由他题名的。

弘一法师(李叔同)是叶圣陶景仰的人,叶曾撰文赞誉弘一的风范,还在《弘一法师的书法》一文中,对弘一的书法做了独到的评点:

就全幅看,好比一个温良谦恭的君子人。不亢不卑,和颜悦色,在那里从容论道。就一个字看,疏处不嫌其疏,密处不嫌其密,只觉得每一笔都落在最适当的位置上,移动一丝一毫不得。再就一笔一画看,无不使人起充实之感,立体之感,有时候有点儿像小孩子所写

● 笔墨双城——中国现代作家的文风墨韵

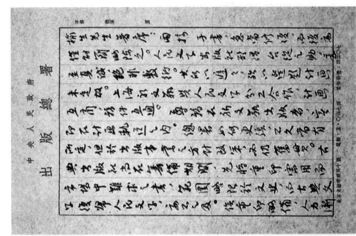

图 30 叶圣陶文稿

八、叶圣陶

那样天真。但是一面是原始的,一面是成熟的,那分别显然可见。总结以上的话,就是所谓蕴藉,毫不矜才使气。功夫在笔墨之外,所以越看越有味。

实在是内行之见。叶圣陶很自觉地把字与人格对应起来,推崇"蕴藉""君子之风",可见他在书法上的追求了。

叶圣陶的楷书有很深的功力,他从小受到比较严格的书法训练,并一直临池不倦。他在1947年书写的《夏丏尊先生墓志》、1957年书写的《亡妻胡墨林墓志》两通碑,可称为其楷书代表作。他的楷书风格接近于初唐,没有欧阳询那种刚健,倒有虞世南的平和。工整有余,险劲不足,大概与他"蕴藉"的追求有关。墓志铭的书写历来讲究恭恭敬敬、一笔不苟,没有扎实的楷书基本功底是不能胜任的。

小篆是叶圣陶很喜欢的书体,他留下了不少小篆作品(图31,图32)。现存最早的,是1929年为好友贺昌群所书对联"潜虬媚幽姿,飞鸿响远音",篆法准确、运笔流畅。小篆是秦统一后的规范字体,流传下来的有泰山刻石、琅邪刻石、峄山刻石、会稽刻石等,以及大量秦量、秦权、诏版。东汉时许慎作《说文解字》,收集了小篆9353字。小篆字形修长,讲究布白停匀、线条

● 笔墨双城——中国现代作家的文风墨韵

图31 叶圣陶篆书

八、叶圣陶

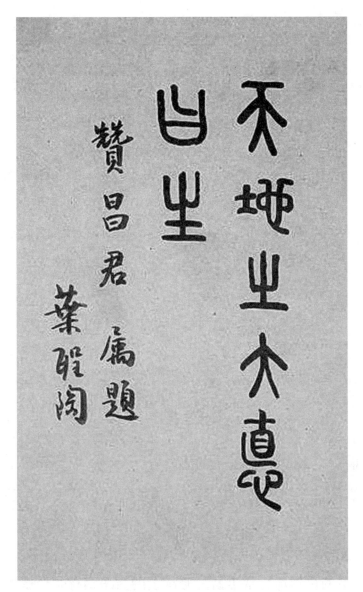

图32　叶圣陶篆书"天地之大德曰生"

圆转光润,《书谱》说"篆尚婉而通",指的就是小篆。秦代李斯、唐代李阳冰都以之名世。到了清代,有邓石如、王福庵等人丰富了小篆的表现力。不过,小篆的结构过于整饬,笔画变化少,艺术表现的空间不大,清以来的书家大都在先秦的文字源流(即所谓的大篆)中探索。叶圣陶喜欢篆书,应该与他早年一度痴迷篆刻有关系,但他独喜小篆,心平气和地写这种整整齐齐让人激动不起来的字,既不高古也不飞扬,追求书法的静态美和理性美,则明显体现了他严谨的做派和简明的艺术风格(图33)。

张中行《叶圣陶先生二三事》是一篇记人的佳作,通过几件小事,突出了叶先生的宽厚与认真。宽厚是对人,做事则极为认真。叶圣陶长期从事教师和编辑的工作,对语言文字的问题非常重视,他崇尚语言的简明。他说:"你写成文章,给人家看,人家给你删去一两个字,意思没变,就证明你不行。"当然,如果在语文教育这一层面,"简明"主张很有必要。但从文学层面看,简明只是语言美的一种。同时读叶圣陶和沈从文的文章,就会觉得沈从文语言有时要饶舌晦涩得多,但文章的色彩却异常丰富。修辞上的洁净感有时会造成过度守法的拘谨,对于创作也会产生副作用。

八、叶圣陶

图33　叶圣陶篆书

叶圣陶的文学语言,的确给人一种干净准确的感觉。他1932年的一个短篇小说《席间》,写上海几个教授的无聊生活,开篇有这么一段场景描写:

电风扇嗡嗡嗡,好像在梦里。一个苍蝇敏捷地停在玻璃杯口,想尝尝柠檬汽水什么味道;但是,不等那几个给卷烟熏黄了的指头拂过,它又飞到窗沿上观赏大上海的夜景去了。

几十个字,把上海夏夜,一个颇为洋气的会客场景勾画出来,又透露出人物的一些特点,简洁明了。从苍蝇入手去写,也颇为别致。

《潘先生在难中》是叶圣陶早年的小说代表作,刻画了一个平庸正派的小学校长在战争威胁下,如护雏的母鸡一般辛勤而笨拙的身影。小说第一部分,写潘先生携妻带子挤火车到上海避难的艰难,极为生动。从艺术角度看,叶圣陶小说长于人物言行描写,他的描写近于白描,不赋彩,渲染也不多,但线条之准确,足见功力。他的这种冷静平实的风格,在新文学发展初期,显得很成熟,受到茅盾的高度肯定。沈从文1931年在《论中国创作小说》中也赞扬道:

在第一期创作上,以最诚实的态度,有所写作,且十年来尤能维持那种沉默努力的精神,始终不变的,还

八、叶圣陶

是叶绍钧(圣陶)。写他所见到的一面,写他所感到的一面,永远以一个中等阶级的身份与气度创作他的故事。在文学方面,则明白动人,在组织方面,则毫不夸张。虽处处不忘却自己,却仍然使自己缩小到一角上,一面以平静的风格,写出所能写到的人物事情。

文学风格中的平静明白转化在书法中,成了叶圣陶的小篆。小篆比楷书更能代表他的文化形象。如同郭沫若的行草、沈从文的章草、老舍的隶书,作家们总有自己亲近的书体,不同书体也随着文学的世界拓宽了领域,丰富了内涵。书写这个看似简单的事情,因为与种种文化现象的关联而变得极其复杂。

汪曾祺

汪曾祺(1920—1997),江苏高邮人。1939年考入西南联大中文系,上学期间开始文学创作。1980年发表小说《受戒》,开启了文学事业的高峰期。

九、汪曾祺

好文章必有好句子,好句子未必看着漂亮。像汪曾祺《詹大胖子》里这几句:

詹大胖子是个大胖子。很胖,而且很白。是个大白胖子。

很简单,有点绕,但是真好。

九、汪曾祺

他的文章极像聊天,聊天似的慢条斯理,聊天似的有一句没一句,聊天似的说到哪儿算哪儿。

读了汪曾祺的文章,会觉得聊天很美,因为他的文章是诗化的聊天。

20世纪40年代,汪曾祺在西南联大中文系读书时,受老师沈从文影响,开始发表作品。沈从文上课不善讲,但会引导,布置的作文题是《记一间屋子里的空气》。汪曾祺文章始终保留着沈从文的气息。

50年代,北京文联主席老舍很欣赏手下这个青年,常夸赞他的才华。

此后,世事浮沉,汪曾祺既有当"右派"的落难经历,也有参加"样板戏"《沙家浜》创作班子的"殊荣"。70年代末,进入新时期,年届花甲的汪曾祺才真正写出了自己,以一系列散文笔调的短篇小说享誉文坛。

《受戒》是汪曾祺1980年发表的,这个短篇让中国文学界吃了一惊。它太另类,不合30年来形成的以小见大、一波三折、在斗争中塑造典型的路数,而是以闲聊的语气,说风情,讲故事。说水乡的一座小庙、小庙里的几个和尚、和尚算账打牌杀猪,讲小和尚明海和女孩小英子的情窦初开。题目叫"受戒",讲了小英子陪明海参加"受戒"仪式,给头顶烫戒疤的事,更写了一群不受清规戒律束缚的世俗中人,写了一种自在美好的世俗之情。

《受戒》出炉的时代,文学嫁入政治豪门已久,受了封赏,也受够了气,终于开始自尊起来,回到民间,过柴米油盐、琴棋书画的生活。汪曾祺可算是一个开风气的人物,早早地接近民俗,远离政治。

"跟一个可以谈得来的朋友很亲切地谈一点你所知道的生活。"汪曾祺说,这就是小说。他的文章就是在谈、在聊,由一个事开头,娓娓道来,感情不是步步展开,而像即兴展开。时而笑,时而泪,时而庄,时而谑,如流水一般。很多人小时候的作文,都被老师批过记流水账,汪曾祺却说流水账是一个好词,因为流水是最美的,好的文章是生活的"诗意的"流水账。

诗意是流动在语言中的。关于语言,汪曾祺谈得最多,他认为语言是作者人格的一部分,体现了作者对生活的基本态度,甚至说"写小说,就是写语言"。

《受戒》开篇不久,明海轻轻松松地随舅舅出远门去荸荠庵"当和尚",有这样一段:

过了一个湖。好大一个湖!穿过一个县城。县城真热闹:官盐店,税务局,肉铺里挂着成片的猪,一个驴子在磨芝麻,满街都是小磨香油的香味,布店,卖茉莉

九、汪曾祺

粉、梳头油的什么斋,卖绒花的,卖丝线的,打把式卖膏药的,吹糖人的,耍蛇的……他什么都想看看。舅舅一劲儿地推他:"快走!快走!"

"好大一个湖!"是13岁孩子的写景和抒情,最后一句舅舅的催促不也是心理描写吗?段落中罗列的这店那店,不加修饰、不成句式,大概也是符合目不暇接又不明就里的心理真实的。一段话,看似简单,实则功力很深!

《受戒》中一句有趣的话:

村里都夸他字写得好,很黑。

明海小时毛笔字写得好,村里人这样夸他。这句子中有作者特有的不动声色的幽默,似是在和村里人开个小玩笑,其实也不尽然。一般说来,功力好、笔下有力,是会把笔画写得更黑一点,墨汁渗入得更充分;结构好,留白清楚,也会让字显得更清爽、更黑一些。这并不是一句外行话。想到这一层,会觉得这句话很饱满。

汪曾祺认为,每句话不妨普通,但组合在一起却要出彩。他常以写字做例子来讲这个道理,单个字不一定怎么好,但放在一起就不一样了;书法家不是一个字一个字地写,而是一行一行、一篇一篇地写。他不止一次地引用过包世臣一段书论：

> 古帖字体大小颇有相径庭者，如老翁携幼孙行，长短参差，而情意真挚，痛痒相关。吴兴书则如士人入隘巷，鱼贯徐行，而争先竞后之色人人见面，安能使上下左右空白有字哉！（引自包世臣《艺舟双楫》，与汪文所述略有不同）

"空白有字"是一个很好的说法，字中的空白，字间的空白，都是要经营的。经营的最高境界像是不加经营，很自然，自然到像爷爷和孙子在一起那样没有隔阂。赵孟頫（吴兴）虽是一代大家，在包世臣看来，还没有达到这种自然之境，他的字更像一群读书人挤在一起，个个衣冠周正，彼此互敬互让，但脸上仍是"争先"之态。

借这一段来谈语言，是对文字境界的追求，也显出他对书法的理解。他最赞赏徐渭书论中的"侵让"二字，即字与字的互相照应，有侵，有让。他说："如字字安分守己，互不干涉，即是算子。如此书家，实是呆鸟。"

汪曾祺习字有幼功，少时习练唐楷和魏碑，于《张猛龙碑》格外用过力。据作家邓友梅说，20世纪50年代汪在文联工作时，露过几手，用欧、颜、柳诸体分别书写,各显其态。不过那时人们并不把书法太当回事。80年代以后,文学热,书画也热,汪曾祺以书画遣兴,作品也常被人收藏(图34)。一次他参加笔会,有求必应,兴致很高,不像某些书法家摆架子。写的是自撰的或喜欢的词句,有一位部门头头让他写"清正廉洁",他虎着脸不写,说:我不写,我不知道你们清正廉洁不。他不想写那些俗语套话。书写是游戏抒怀,不是制作应酬!

在《字的灾难》一文中,汪曾祺谈论北京大街小巷的牌匾字,有褒有贬,总体印象是新不如旧,他很客气地批评了刘炳森隶书笔画的扁、光、无古意和李铎行书的"险怪""有怒气"。他在泛滥的牌匾中看出了浮躁的文化心理,"希望北京的字少一点,小一点,写得好一点,使人有安定感、从容感"。见解犀利中肯,亦颇有苏轼"吾虽不善书,晓书莫如我"的自信风趣。

应该说,汪曾祺书法功力不错,没有古代名家那样的雄厚笔力,韵味却非常纯正,有传承又自出己意。偶显松垮,但不浮不躁。比之当代书协领导,绝无愧色,如果比起如今很多出名后才抄起毛笔四处题写的作家来,更强得多。

汪字以行书居多,也做隶书,很内行。他的行书里

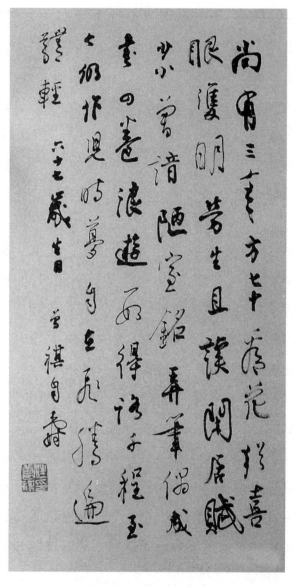

图34　汪曾祺自寿诗

有隶书味儿(图35)。他写过的碑帖很多,没有在哪一家上打底子,有时即兴的感觉多一些。他喜欢米芾,晚年又嫌米字太霸气,自觉积习难改。他说不喜黄庭坚的字,其实他的字里就有很多黄庭坚式的长横长捺。为了把字写得有"侵让",不那么安分守己,他在黄字的开阖变化上吸取了不少东西。

汪曾祺的画也很有意思,主要是花鸟草虫,间画人物,不像专业画手技法纯熟,也没有那些套式。

一僧菩提树下闭目静坐,上题两个大字"狗矢",还加个感叹号。初看吓人一跳,联系到禅宗的公案,自然明白狗屎何来,那个"!"原是催人顿悟的棒喝。

"我的画也正如我的小说散文一样,不今不古,不中不西。"汪老这话可说得有点大了,他的画无论如何也不能与他的文等观(图36)。他的画好,是好在有文学的支撑。孤零零的野草,满头黄花,一根长茎,旁边竖题"秋色无私到草花",就成了岁月荏苒的一声长叹。

"书被催成墨未浓",汪曾祺题过这句款,固是自谦,如以他文章的醇厚做参照,也是实话。

汪曾祺成名于60岁,他的艺术黄金时代始于60岁。他的才情被压制了太久,在新时期得到散发的机

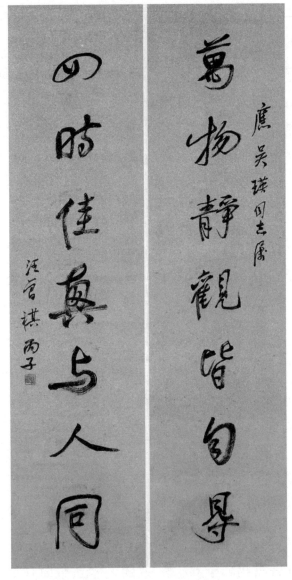

图35　汪曾祺书程颢诗句

九、汪曾祺

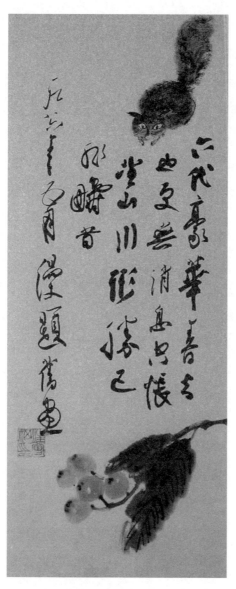

图36　汪曾祺在自己的旧画稿上题写元人诗句

会。他已不是铺排的年龄,他的情调是绝句与小品文。他不会把米做成米饭就端出来,他拿出的是一瓶酒。

"一种风流吾最爱,六朝人物晚唐诗。"这话很多人说过,汪曾祺也很推许。借用于汪本人,说他艺术风格中的平淡洒脱和工致孤高,也算合适。

莫　言

　　莫言,1955年出生于山东高密。1981年开始发表作品,2011年凭借小说《蛙》获得茅盾文学奖,2012年获得诺贝尔文学奖。

十、莫言

　　莫言书法也火了。

　　当代作家爱书法的不少,陕西的贾平凹、河南的二月河、上海的余秋雨、天津的冯骥才,名单可以列得很长。作家们爱挥毫弄墨,书法作品也很有市场。今年九月,随着电影《白鹿原》的公映,收藏陈忠实字的人多了。到了金秋十月,收获诺贝尔文学奖的莫言大红大紫,他的作品火了,他的故乡火了,他的书法也随之火了。此前莫言虽喜好书法,并未把写字作为生财之道,多是友人间交流。现在情况则不同了。某省收藏家协会秘书长参照贾平凹书法润格分析,认为获奖后的莫言每平方尺会轻松过万,将在中国作家中拔得头筹。

莫言迷上书法是近十年的事情。他的书体丰富,对行书、楷书、隶书、篆书均有涉猎(图37)。在写了一两年毛笔字后,莫言开始尝试用左手书写。他说,右手写毛笔字,是把钢笔字放大了写,是惯性使然,而左手书写,有种陌生感,可以写出古朴、生涩的感觉来。如今左书已成为莫言书法的重要特色。

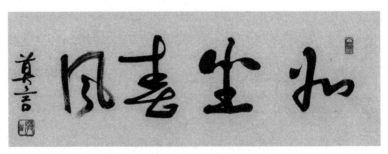

图37　莫言书"如坐春风"

对莫言的书法,有赞美,如有文章说:"他的每一

十、莫言

幅作品都给我们一种不同的审美体验,或古拙宽博、或潇洒秀美、或老辣纵横、或轻松俏丽,毫无油滑之态,全无流俗之弊。"有的赞赏"他用左手书写的毛笔字具有趣味性、感性。趣味性在于朴拙、稚气,感性在于直观、抒情"。

批评的声音也有,沪上画家谢春彦撰文指出,莫言书法中有些字写法有问题,有的不规范,有的简直是生造。那副"醉后喜中美人计,闲时爱读线装书"的对联,上联平仄如醉汉上马,颠倒不堪,"爱"字的繁体写法亦有问题。

对自己的书法,莫言保持着一贯的谦虚,他曾调侃说:"我的字写不好,只不过脸皮比较厚而已。"其实莫言的字洒脱灵动,没有虚浮花哨之感,至少不让人讨厌,做到这些并不容易(图38)。

左手的意义

莫言参加笔会现场书写时,总会引起观众格外的兴趣,他不用右手,而是用左手。旁人问起,他的回答是,右手写的像放大的钢笔字,于是就换了左手。对大

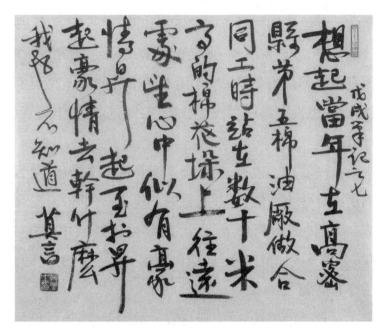

图38　莫言书写自己文章

多数人,左手是一只不熟练的、笨拙的手,以至于人们用"左"形容不到位、不妥帖,比如唱歌跑调的是"左嗓子",心性偏执的是"左性子"。汉字笔顺自上至下,由左及右排列,适合右手书写,中国人又非常重视书写的规范,即使左撇子也从小被要求用右手,所以极少见人用左手写字,左手用毛笔当然挺吸引人。

历史上以左手写字闻名的书法家有元代的郑遂昌、清代的高凤翰及现代的费新我。他们多因右手不便书写,不得已改用左手。如费新我(1903—1992),

十、莫言

民国时期即以书画为业,"文革"时期受到迫害,被挑断右手手筋,此后他顽强地改用左手执笔,以"岁月如流,不断新我"自勉,更加刻苦地临习碑帖,不仅克服了左手行笔的不适,反倒因为行笔动作的特殊形成了独特的风格,书名大振。据说20世纪70年代初,毛泽东曾在一次会议休息期间问郭沫若,当代谁的书法最好,能否排个名次?郭沫若说:"第一名应是林散之,他的狂草当代可数第一,堪称'当代草圣';第二名应是费新我,他不仅书法好,而且自从右手有残疾,改左手写字,练就一身真功夫,实是难能可贵。"说到这里,毛泽东插话:"费新我身残志坚,以左手练书法,能达到炉火纯青的地步,更值得我们好好学习。"

费新我左手写字给人的启发不仅是身残志坚,还有打破常规、反向入手所造成的奇拙之趣。他的书法别开生面,写出了自己的个性。左手给他帮了忙,而没有添乱,说明了他左手用得好,也证明了他对书法传统领悟得很深。有一些跑江湖的"书法家",故作惊人之举,哗众取宠,或两手执笔同时写字,或用刀叉棍棒写字,或不用手而用嘴叼着笔杆写字,也有女性身穿半透纱裙用生殖器夹着毛笔写字,不管算不算"行为艺术",起码与书法精神离得很远,不可与费新我的左书相提并论。

　　书法家或习残碑，或用秃笔，意在破熟巧，而取得一种新意，获得一分自然。莫言用左手挥毫，也是这样一种努力。他在书法上并没有下过大力气，手段不太多，自觉易为积习所困，转而另辟蹊径，这大概与他在文学艺术上创新的胆魄有关。莫言在20世纪80年代出名，一直保持着创作的活力，他善于使用现代小说技巧驰骋自己的想象，也充分化用了中国民间的艺术元素，左右开弓，在文学上创造了一个乡土世界。而他用"左手书法，右手小说"的自我调侃，也能让人感觉到他在艺术追求上的雄心。

　　如今很多作家热衷书法，在写作之余泼墨挥毫。他们熟练的是写作技巧，他们未必熟于书法技巧，似乎文章是他们的右手写出来的，书法作品是他们的左手写出来的。这样说来，莫言"左手书法，右手小说"的自诩，还真有些象征意味（图39）。

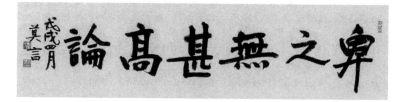

图39　莫言书法

十、莫言

左手挥毫的莫言必将面临一个问题:以后求字的人多了,左手写熟了,形成俗套,又怎么办呢?

名人字还是作家书法

名人字是指名人的书法作品,人的名气在书法的名气之上,先闻其名,后见其字。我们现在能看到很多近现代人物的字,像李鸿章、蒋介石、康生等等,常会有惊异的发现,这些人物中善书者很多。然而这种惊喜在当代名人身上不易得到。当代名人明星书法底子和民国以前的人没法比了。以至于现在人们说到名人字这个词,语含讥讽,言下之意是字很一般,看的是人的名气。很多人喜欢收藏悬挂名人字,只是比摆一张与名人的合影大方一些。

作家书法这个词本来也并不成立,以书写者的行业来命名书法会造成很大的麻烦,否则官员书法、教授书法、妓女书法都将出现了。但作家书法这个词包含着一种期待,因为现在很多搞书法的人只注重练习笔墨技巧,粗鄙无文,只知道抄写古诗词,人们希望作家这样的文章高手能写出笔墨与词采俱佳的书法作品。

作为文学家,莫言重视书写的内容,追求的是书法与文学的相得益彰。他非常推崇"天下第一行书"《兰亭序》,认为文采、书艺、哲理皆妙。莫言的书法创作,注重特定环境下的情感表达。比如他在一幅作品中书写的自作诗:"登上秦岭最高峰,江南塞北一望中。黄风浩荡渭河畔,绿雨朦胧石头城。腰鼓阵阵壮汉舞,丝弦声声佳人容。大好河山成一统,人在分水无友朋。"不是佳作,诗意不够浑融,音韵也不甚和谐,但也是性情之作,自有趣味。

学者孙郁在与莫言的对话中,比较莫言与汪曾祺的创作,认为汪的才气是一碗,莫言的才气是一缸。莫言很谦虚地纠正:汪先生是文人才子,我是个说书人。莫言显然很明白自己与传统型作家相比较的优势和劣势。他的古典文学造诣不及汪曾祺这样从民国走来的作家,跟"五四"一代名作家如鲁迅、郁达夫相差得更远,这已经决定了莫言在书法这个植根于古典文学的艺术里不会走得太远。这不能说是莫言的过错,只能说明书法艺术在当代的尴尬处境。

贾平凹

贾平凹,1952年生于陕西商洛。1974年开始发表作品,1993年出版的《废都》引起很大争议,2008年凭借小说《秦腔》获得茅盾文学奖。

十一、贾平凹

贾平凹的字都像他名字中的那个"凹"。

凹,四四方方,平平正正,无腰且秃顶,老实巴交。笔画细碎,难于连绵;结构封闭,不能舒展。写不快也写不巧。当成一块石头,也是不透不瘦,无卓然独立之姿,模样憨笨,分明一块丑石。

丑到极处,便是美到极处。正因为它不是一般的顽石,当然不能去做墙,做台阶,不能去雕刻,捶布。它不是做这些玩意儿的,所以常常就遭到一般世俗的讥讽。(《丑石》)

联想到丑石是因为读过《丑石》。平凹先生频出大作,却难掩他早年的这篇小文。

用一块陨石的际遇,融老庄思想旨趣于励志故事,在二十多年前,这样的文章让人眼前一亮,选进中学课本是有道理的。如今的文摘刊物上,这类文章太多,与《丑石》不可同日而语。

一个中学生很难明白"丑到极处,便是美到极处",只有经过了一段生活历练,才深感人世间是非界限没那么鲜明,价值判断更是复杂。《道德经》里说,"天下皆知美之为美,斯恶矣",一窝蜂地美容易令人讨厌,会变成丑。求美不成,成精作怪,也不少见。有两个成语是说这种不自然状态的:"邯郸学步"和"东施效颦",反不如丑得本分自然。

常有人说贾平凹的字丑(图40)。他的题字西安街头常见,茶社、酒楼、足浴,骂的人不少。他的字值钱,但花几万买了去送礼的人也骂。据报载几年前在成都的一个拍卖会上,贾平凹的字拿出来,竟引来哄堂

十一、贾平凹

大笑。

图 40

书法讲究法,笔法,字法,章法,墨法,尤其是笔法,是传达姿态、节奏、精神的根本。得法太难,多数习字者毕生只是求法。以学书法的人看来,有两种境界的字可观:一是得法的字,一是彻底不入法的字。最怕是介于两者之间,学步效颦,怎么看都不自在。习字的人知道什么样的字自在,什么样的字不自在。

有人学书法,把小学一二年级学生的生字本抱回参考,初闻似笑谈,其实未必。小朋友写的字真可爱,有的很妙,让人不可思议。如果说贾平凹的字像一年级小朋友写的,那是吹捧,小孩子的天真大人是学不来的。但他的字确有一种稚拙之趣,不漂亮不纯熟,写得笨手笨脚的。

丑,在贾平凹的辞典里,不是贬义。示人以拙笨,是贾平凹的一贯姿态,不独书法(图41)。

世界上的事,若不让别人尴尬,也不让自己尴尬,

● 笔墨双城——中国现代作家的文风墨韵

图41 贾平凹书画

十一、贾平凹

最好的办法是自我作践。比如我长的丑,就从不在女性面前装腔作势,且将五分的丑说成十分的丑,那么丑中倒有它的另一可爱处。(《人病》)

所以,《自传》中要说自己"这是一个极丑的人。好多人初见,顿生怀疑,以为是冒名顶替的骗子,想唾想骂想扭了胳膊交送到公安机关去"。《我有个狮子军》中写道:"我体弱多病,打不过人,也挨不起打,所以从来不敢在外动粗,口又笨,与人说辞,一急就前言不搭后语,常常是回到家了,才想起一句完全可以噎住他的话来。"

沈从文当年自称"乡下人",贾平凹则喜欢自居"农民"(图42)。呆、土,不是城里的聪明人和漂亮人。两位作家的心态挺复杂,但有一点很明确:不入流俗。"当一切都在打扮,全没有了真面目示人的时候,最美丽的打扮是不打扮。"(《说打扮》)贾平凹这话说得过于情绪化,不打扮是不可能的,只是不从时尚而已。

如同沈从文一样,贾平凹有自己的精神根据地,那就是商州。尽管距离人口稠密的省会不过百余公里,但山势的阻隔让它如"边城"一样遥远。贾平凹的文学起于对故土惊奇地发现。《商州初录》就以游客的视角来写,似乎还不太自信。他的第一部长篇小说

笔墨双城——中国现代作家的文风墨韵

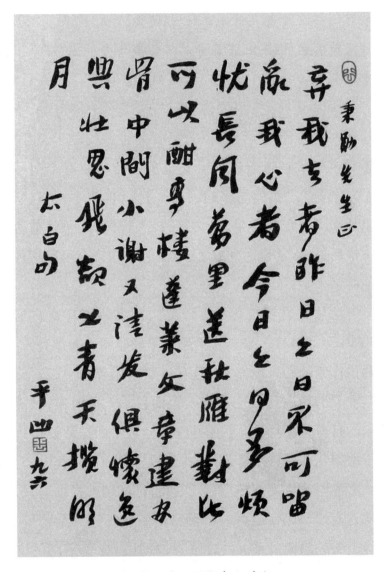

图42　贾平凹书李白诗句

十一、贾平凹

《商州》也是热情地推销着故乡人的淳朴与热烈,一边讲爱恨情仇的故事,一边以游历的视角讲民风民俗,似乎只有在乡村才能找到血性与爱情,与沈从文的文化态度很像。

20世纪80年代初,贾平凹写了很多乡土美文,由空灵而朴厚。他的散文《秦腔》真是荡气回肠:

我曾经在西府走动了两个秋冬,所到之处,村村都有戏班,人人都会清唱。在黎明或者黄昏的时分,一个人独独地到田野里去,远远看着天幕下一个一个山包一样隆起的十三个朝代帝王的陵墓,细细辨认着田埂土,荒草中那一截一截汉唐时期石碑上的残字,高高的土屋上的窗口里就飘出一阵冗长的二胡声,几声雄壮的秦腔叫板,我就痴呆了,猛然发现了自己心胸中一股强硬的气魄随同着胳膊上的肌肉疙瘩一起产生了。

古朴悲凉粗野,又有轻松的幽默感。如果不了解唱秦腔是怎样的痛快淋漓,那么就读一读《秦腔》。普普通通一段话,气盛情浓,意象饱满,用的是诗的表述法。文章不写秦腔之调,腔调没法写,写的是秦腔之根:秦人秦风,古老广漠的土地,大苦大乐的民众。

不过贾平凹并不总沉浸在对乡村的眷念中,城市的风已经吹开了故乡的云。渐渐地他笔下的乡村与城市不再对立,因为无法忽视城市化的历史进程。社会变革中的浮躁、颓废被他敏锐地表现出来。他作品中有了越来越多的都市浊气,使得一些留恋乡村清新空气的读者很不适应。当代中国是一个都市化的大乡村,在文化身份这个问题上,自称是"农民"的往往是一些抢答的聪明人。他与城市的关系不像沈从文那么对立,"乡下人"极倔,"农民"却精明了很多,与城市有对立,更得合作。如今的贾平凹是西安的招牌,西安人说贾平凹就像说肉夹馍一样顺口。他已进入大众消费领域,这是与当年沈从文的处境不同的。

丑,又接近贾平凹的艺术观念里的一个关键词:浑然。90年代后期的《高老庄》,体现了作者"对于整体的、浑然的、元气淋漓而又鲜活的追求"。在长篇小说这种大型叙事文体中,他开始舍弃鲜明的人物和流畅的故事,重在吐出吸入心肺深处的那股人间烟气。人的深层体验是浑然的,没有那些概念,无法条分缕析,能表现它的只有意象。贾平凹的文章注重意象,他笔下的丑人并非真人,更不是他自己,那是一幅幅印象派的画。很多读者喜欢贾平凹的早期作品,清新灵动。对作者自己而言,那时的体验不深,"都是别人的事",反倒是50岁以后的看起来没有章法、写得比较混沌的

十一、贾平凹

作品更接近生命体验。

书法,也是贾平凹表现这种境界的手段。看他的字,未必会觉得好,但能感到他是很懂字的人。

中国书法的巧与美,在东晋和南朝达到极致,那时的贵族知识分子用尺牍定了纯熟和雅致的高格。笔法如王羲之的"八面用锋";字法则欹侧取势,呈各种舞姿,楷书横画写成斜势就始于此时;章法则追求流觞曲水之妙。中国书法由此走向成熟,南朝字成为书法的正统。北朝的文化没有南朝精致,北朝字也没有南朝字高级。清代中期以后,一些人在北朝碑刻中寻找资源,以打破南朝风的统治。晚清民国以来,尚拙不尚巧的北派进一步影响着人们的书法观。明白尚拙书风,才可能理解贾平凹书法的趣味。

贾平凹的字,提按变化少,姿态变化少,节奏变化也少(图43)。不像晋人书法讲究用笔的正与侧,行笔的连与断,结字的欹与正,他反其道而行之,拒绝取巧,也因此避免了取巧不得的尴尬像。比如他极少连笔,就减了浮的风险。他的字头大腿短,像他喜欢的石狮子的样貌:头是身子的二分之一,眼是头的二分之一。这又避了华的嫌疑。他的字给人一种没有发力的感觉,像热闹中一个人不露声色,你不知他有多高身手。

● 笔墨双城——中国现代作家的文风墨韵

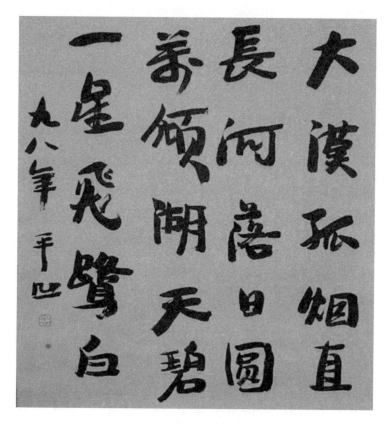

图43 贾平凹书唐诗集联

欣赏贾平凹书法的人少,不喜欢的人多,平凹先生应该高兴。他的书法好就好在趣味独到。如果大家都认为他的字好,那倒麻烦了。现在市场上有的假平凹的字比真的笔力还厚。不过即使那样,贾平凹还是贾平凹,他早说过,他不是书法家。

附：现代文学笔记十则

一、读《女人骂街》

周作人《女人骂街》，1939年1月发表于《朔风》。

文章主要引文有四段，出自明清人笔记。

一是《牸鼻山房小稿》中妇女丢了菜骂街的精彩描绘，抑扬顿挫，起承转合，如诗如乐。

二是《邮余闲记》防妇人失贞的一段教导，妇人不仅不要烧香看戏，以免沾惹闲人，回娘家也别超过三天。贞洁难守，但约之以礼义还是有可能的。

这段引文最重要，周作人应该是读书至此，触动文思，做了这篇文章。之前两个月，他在《朔风》创刊号发表《谈劝酒》时就曾提到，未及展开。

三出自《笑赞》，夫半夜梦醒，问妻：我梦到与别的妇人交合，妇人会做这种梦吗？妻答：一样。夫怒殴其妻。

四是俞理初《癸巳存稿》中的见解：男人造出一套

大道理,让女人始终如一,自己却并不遵守,另有说辞。俞正燮(1775—1840),字理初,做学问不失性情,尤不喜人情诈伪。周作人佩服他,说"李卓吾以后中国有思想的人要算俞理初了"。

文中又引李卓吾的话"谓人有男女则可,谓见有男女岂可乎?"是文章之眼。

书读多了,写文章往往有论皆引,是学者散文的常见格局。周作人的一些文章甚至被称为"文抄公体",引的比写的还多。但他学问高,又是文章圣手,自家见解能把材料压住,串得起来,也提得起来。

女人骂街一节与本文关系不大,也许是因为太有趣,让作者不舍,遂有了一个开篇的闲笔。不过作者自有衔接手段,他把泼妇气概戏称为母权时代女性霸气与才能的遗留,远胜于士大夫十年寒窗的修炼。后者写讨伐、弹劾、诽谤的文章,摇笔可成,要是当面相骂,立即仓皇词穷,狼狈失措。然而,妇女的黄金时代太过古老,遗迹已微。由此引出正论。

周作人在1939年谈这么一个话题,并没有超出他20年前的认识。搁置沦陷区文学无关大局的特点和官僚文人避重就轻的倾向,也可以理解这种选择。女性的个性确立,不是一个能很快过时的问题,虽然中国文化界后浪层出,新潮滚滚。

2013 – 11 – 15

二、《边城》第十三节

《边城》第十三节,纯是一段闲笔。

前一节写到弟兄俩约好月夜赛歌,似有一出热闹戏在后头。然而狡猾的作者不再写落花有意,转而写流水无心。本节是翠翠黄昏后的闲愁,为梦中的歌声铺垫。

黄昏照样的温柔,美丽,平静。但一个人若体念到这个当前一切时,也就照样的在这黄昏中会有点薄薄的凄凉。于是,这日子成为痛苦的东西了。

这句子不能说不笨重,但联系上一段中细心的描写——"空气中有泥土气味,有草木气味,且有甲虫类气味。"就不如说是诚恳。我们都会因为一个人的诚恳,原谅甚至喜欢他的笨拙。

有时最漂亮的句子就是笨笨的样子:

月光如银子,无处不可照及,山上篁竹在月光下皆成为黑色。身边草丛中虫声繁密如落雨……

好端端，无病无灾，心中却突然不爽。这种情绪，古来人为之所苦，谓之闲愁，常见于诗文。比较起来，表现此类感慨，态度以诚恳为好，文字以朴素为好。本是人人皆有的情绪，不必居为奇货。以为高贵或以为顽劣，都是误解。

若干年后如有科学手段治愈此疾，不知艺术是否还有存在的必要。

傍晚，小说中的乖女孩在放肆地遐想，想自己逃跑了，跑得很远，爷爷怎样发疯着急。

翠翠坐在溪边，望着溪面为暮色所笼罩的一切，且望到那只渡船上一群过渡人，其中有个吸旱烟的打着火镰吸烟，且把烟杆在船边剥剥的敲着烟灰。就忽然哭起来了。

有谁去怪那个敲烟灰的人呢？这种毫无因果的哭泣，谁能读不懂呢？

这一节，翠翠无端地哭了又哭，直到爷爷说：

不许哭，做一个大人，不管有什么事都不许哭。要硬扎一点，结实一点，方配活到这块土地上！

作者一会儿化身翠翠，一会儿变为爷爷。一会儿是情感含苞待放的少女，一会儿是灵魂如泥土一般的老人。一面是柔波，一面是坚石，这是沈从文文章中常常焕发出的人格魅力。

《边城》有二十一节。汪曾祺说得好:"二十一节,一气呵成;而各节又自成起讫,是一首一首圆满的散文诗。这不是长卷,是二十一开连续性的册页。"

真正能独立成篇而不失韵致的,其实只有第十三节。这本水墨册页中,这一节最抒情,是最重要的一笔,其他笔墨像是从这一笔生发晕染出来的。傩送和天保,是少女的春梦,在《边城》这篇闲文中,他们的爱来势汹汹,结尾也只能是不了了之。

2014 - 09 - 07

三、《在酒楼上》再读

旧乡旧友话旧题,
铅云似盖酒楼低。
独怜老梅肩上雪,
家常说罢各东西。

《在酒楼上》,近来又读一遍。本想找亮点,供讲课用,却读出了一些不满。

两个老友多年后偶遇,所谓他乡遇故知,又有酒助兴，自然少不了天南海北地聊。这种境遇常有，文章却不好做，或者说宜诗不宜文，做小说更难。"草草杯盘供语笑，昏昏灯火话平生"，不是鲁迅要表达的趣味，他不会单去感慨人生况味，而要先对世态做些研究。

鲁迅是奇才，自不用多言。他讲故事，作小说，一件小事就说透人情事理，轻拢慢捻就弹奏出大动静，不露声色却搅动风云，以《风波》为最。

有时他老人家走台串场，亲自出镜，故事虽然稀薄，情感反而浓烈，则又是另一种风韵，最好的就是《故乡》。

《故乡》中的"我"，并不是作者自己，但离作者很近，可看作一篇散文。抒情记事类散文大多给人"我"即作者的印象。小说与散文难以划界，不过小说更趋向于作者退隐幕后，从个人的人事纠葛中解放一些，以看到更多的世相。

一位研究历史的学者说：历史人名是真的，故事是假的；而小说人名是假的，情节是真的。

个人的小历史书写，也难免这样。言不由衷的原因很多。但即使由衷，就是信言吗？最难跨越的，是"我执"。文体当然谈不上是破"我执"的法门，那是境界问题，我说不清。回到简单的话题，"我"在小说中最好跳脱些。

《在酒楼上》的"我",幽灵一般,基本不说话,饭前点菜,饭后买单。这样的倾听者,在生活中当然很好,在小说中却很无能。作者在写"我"的时候,没有放下身价,始终端着审视的姿态,所以不能更好地参与到情节中。评论家说"我"代表着反思和超越,当然可以。但得先讲情理,再说意义。《故乡》中闰土那声"老爷"固然惊人,但合乎情理吗?我看未必。

小说中两个人说话的感觉不像十年未见,顶多像一年未见。张嘴就发牢骚,缺少相互猜度打量,也没暗中比比谁混得好些。小说结尾处,堂倌拿来账单,"他也不像初到时候的谦虚了,只向我看了一眼,便吸烟,听凭我付了账"。可见作者希望写出人情世故。

一个人说,另一个人听,这是很沉闷的文章结构,《头发的故事》就是这样。此文比《头发的故事》进了一步,增加了老梅的怒放斗雪和味道很正、辣酱偏少的油豆腐,但并没有多大起色。一年后的《孤独者》,故事丰富了些,"我"不仅是叙述者,也周旋其中,可算是《在酒楼上》的升级版了。

从《头发的故事》到《风波》,才是融化思想于想象的破茧成蝶。

好久没读鲁迅小说,不知自己是细心了还是较真了,这次读总是挑毛病。感到此文的叙述很拖沓,为了呼应人物内心的无聊?不至于吧。

算一算,鲁迅写《在酒楼上》正是我现在的年龄。发现伟大人物的平庸,并不能说明庸人的伟大。这个自知之明,我还是有的。

2014 - 09 - 09

四、文字中的鲁迅面容

鲁迅先生的笑声是明朗的,是从心里的欢喜。若有人说了什么可笑的话,鲁迅先生笑得连烟卷都拿不住了,常常是笑得咳嗽起来。

鲁迅先生走路很轻捷,尤其他人记得清楚的,是他刚抓起帽子来往头上一扣,同时左腿就伸出去了,仿佛不顾一切地走去。

这是萧红《回忆鲁迅先生》开篇的两段。那篇充满感情的文字让很多人浮想联翩。萧红写的是晚年的鲁迅,看来,瘦小的鲁迅动作很是敏捷。1923年,许广平在女师大读书,第一次上鲁迅先生的课,先生更是身

附:现代文学笔记十则

手敏捷:

当鲁迅先生上课的瞬间,人们震于他的声名,每个学生都怀着研究这新先生的一种好奇心。在钟声还没有收住余音,同学照往常积习还没就案坐定之际,突然,一个黑影子投进教室来了。首先惹人注意的便是他那大约有两寸长的头发,粗而且硬,笔挺的树立着,真当得"怒发冲冠"的一个"冲"字。一向以为这句话有点夸大,看到了这,也就恍然大悟了。褪色的暗绿夹袍,褪色的黑马褂,差不多打成一片。手臂上衣身上的许多补钉,则炫着异样的新鲜色彩,好似特制的花纹。皮鞋的四周也满是补钉。人又鹘落,常从讲坛跳上跳下,因此,两膝盖的大补钉,也遮盖不住了。一句话说完,一团的黑。那补钉呢,就是黑夜的星星,特别熠耀人眼。小姐们哗笑了:"怪物,有似出丧时那乞丐的头儿。"他讲授功课,在迅速的进行。当那笑声没有停止的一刹那,人们不知为什么全都肃然了。没有一个逃课,也没有一个人在听讲之外拿出什么来偷偷做。钟声刚止,大家还来不及包围着请教,人不见了。那真是"神龙见首不见尾"。

"一团的黑",是鲁迅留给他未来妻子的第一印象。鲁迅喜欢用黑写人,以表现一种独特的精神气质。

《孤独者》中那位"短小瘦削"的主人公,"长方脸,蓬松的头发和浓黑的须眉占了一脸的小半,只见两眼在黑气里发光",被认为是作者的自画像。

郁达夫初次见鲁迅,大约也在20世纪20年代初期,则是这样的印象:

他的脸色很青,胡子是那时候已经有了;衣服穿得很单薄,而身材又矮小,所以看起来像是一个和他的年龄不大相称的样子。他的绍兴口音,比一般绍兴人所发的来得柔和,笑声非常之清脆,而笑时眼角上的几条小皱纹,却很是可爱。

郁达夫是个率真能聊的人,大概鲁迅和他在一起也很放松。郑振铎则是这样写的:

初和他见面时,总以为他是严肃的冷酷的。他的瘦削的脸上,轻易不见笑容。他的谈吐迟缓而有力,渐渐地谈下去,在那里面你便可以发现其可爱的真挚,热情的鼓励与亲切的友谊。他虽不笑,他的话却能引你笑。他是最可谈、最能谈的朋友,你可以坐在他客厅里,他那间书室(兼卧室)里,坐上半天,不觉得一点拘束、一点不舒服。

中学语文里有一篇阿累的《一面》,作者回忆了他在1932年见到的鲁迅先生,这段描写很多人都还

附：现代文学笔记十则

记得：

他的面孔是黄里带白，瘦得教人担心，好像大病新愈的人，但是精神很好，没有一点颓唐的样子。头发约莫一寸长，原是瓦片头，显然好久没剪了，却一根一根精神抖擞地直竖着。胡须很打眼，好像浓墨写的隶体"一"字。

鲁迅有些显老，他患肺病多年，又喜欢熬夜写作，这都影响气色。曹聚仁在《鲁迅评传》中说："鲁迅还不到五十岁，却已显得十分衰老了。"还记录了这么一段：

有一回，鲁迅碰到一个人，贸贸然问道："那种特货是哪儿买的？"他的脸庞很瘦削，看起来好似烟鬼，所以会有这样有趣的误会的。

不过陈丹青是绝对不会这样问的，在他眼里鲁迅是一位帅哥、气质男。当然，他从未见过鲁迅。

我以为鲁迅先生长得真好看。

这张脸非常不买账，又非常无所谓，非常酷，又非常慈悲，看上去一脸的清苦、刚直、坦然，骨子里却透着风流与俏皮……

鲁迅先生非得那么矮小，那么瘦弱，穿件长衫，一副无所谓的样子站在那里。他要是长得跟萧伯纳一般高大,跟巴尔扎克那么壮硕,便是致命的错误。可他要是也留着于右任张群那样的长胡子,或者像吴稚晖沈君儒那样光脑袋,古风倒是有古风,毕竟有旧族遗老的气息,不像他。他长得非常的"五四",非常的"中国",又其实非常摩登……"五四"中国相较于大清国,何其摩登,可是你比比当年顶摩登的人物:胡适之、徐志摩、邵洵美……鲁迅先生的模样既非洋派,也不老派,他长得是正好像鲁迅他自己。(《笑谈大先生》)

文字就是这样,总是带着若隐若现的热情,可以永不停滞地为历史照相。图片中的鲁迅静止了,而在文字中,鲁迅的面容依然活着,依然那么生动。

五、《闭户读书论》解题

1928年,周作人由读史引发感慨,做《闭户读书论》。

他在历史中读到什么?"正如獐头鼠目再生于十世之后一样,历史人物亦常重现于当世的舞台",所以"历史所告诉我们的在表面的确只是过去,但现在与将来也就在这里面了"。

附:现代文学笔记十则

文章不长,题目却复杂。谈"闭户读书",表达对时局的不满,非必以"闭户读书论"为题。

即就此文标题,读者也许要问:

明明是读史,为什么说读书?

读史难道就是了不起的事业吗?

要读书读就是了,为何关门闭户?

你去闭户读书好了,何必在这里饶舌?

一作"论",往往要拉开正面进攻、层层推进的架势,目标也比较大,容易被反诘。作者须时时设防,少留空当。

文章第一段说人生之苦,第二段说处世之苦,于是作为寒士,对付这苦闷,最好"读书"。第三段说"救国",个人很难管,政府也不让管,所以就"闭户",专心读好书。最后一段说读什么书?圣人经典固然要读,但更重要的是读史。"翻开故纸,与活人对照,死书就变成活书。"这一段精彩,以祖先画像喻历史,很妙。所论对读书人有启发,我们固不能通晓历史"如太乙真人目能见鬼",但也该避免妄分新旧的"不学之过"。

作者深感历史的循环,当是由循环中又拈出"轮回"一词,放在篇首,所以开篇从轮回说的破灭讲起。当然,"老和尚转世"的周作人谈轮回也是说家常。

周作人很明智的一点,是自作凡庸,第一段的"懦夫有卧志",第二段的"苟全性命于乱世",说的都是自己,最后又坚称"缺少学问"。这使他避开了很多说理上的夹缠。不做人师,不给混沌开窍,我自言志,你奈我何?想一想,这种态度也很顽皮,很可笑,但不失朴素之风。反复读周作人文章,感到他心思的细密,有时啰唆琐碎,实际在暗中回避诘难。他太多心,粗心的读者并没有那么多诘难。

《闭户读书论》被视为周作人一个思想阶段的标志,并非只是读史的一时感慨。之前不久,他写了《历史》一文,"我读了中国历史,对于中国民族和我自己失了九成以上的信仰和希望",表达历史观。"闭户读书"是他历史观之上的人生观,怎能不专门论上一论?这样看,标题是有来由的。

2014 – 09 – 16

六、平凹本山

最近看啥书呢?

看贾平凹《秦腔》,美得很!

附：现代文学笔记十则

咋可看《秦腔》呢？人家都《老生》了。

咱又不是什么粉丝，跟着沟子后头等鸡下蛋呢。前两天摸起以前谁给的一本盗版，看看还看进去了。这事情又没有保质期更年期的，想吃就吃，想啥时弄啥时弄嘛。

我以前也翻过，情节乱糟糟的，语言倒还忒色。

贾平凹这狗日语言就是好，气长得很。一口气吹出来，绕来绕去，就是不断线。有时感觉作家的笔就跟妓女的那东西一样，松活得很，说来就来。

你一天还教书育人呢，满嘴污言秽语的。你以前说话也不是这样子么。

嘻，还不是看《秦腔》看的，被传染了。他能这式写，我还不能这式评了？我记得以前让学生上课朗读，材料自选，有个男生拿张报纸，一上来就读："黑娥我日你娘哩，你娘卖×，你也卖×"，报纸上连载的就是《秦腔》。

脏话也显得太多了。

生活就这样子么，脏话里头可藏着学问呢。夏天义骂人："我过生日哩你狗日的为啥不来？你就那么恨我？！我告诉你，今儿黑你必须来跟我喝酒，酒还得你提，看我怎么灌醉你，狗日的！"把人还说得高兴的，

137

真是本事！也不光是脏话，有些话写得真美："我捡起了棒槌，寻思哪一片水照过白雪的脸，河水里到处都有了白雪的脸。我掬了一棒，手掌里也有了白雪的脸。"

千江有水千江月。把美人当成月了，挺有诗意。

有时画面很生动，夏天智等县长光临，等了半天，门外有响动，急忙开门，"抬头望巷中，巷中没人，一只鸡昂头斜身走过"。有时很有哲理，说"夏天礼一辈子都喜欢收藏钱，其实钱一直在收藏他，现在他死了，钱还在流通"。有时纯粹是滑稽，像快结巴跟慢结巴吵架。

这还分快慢呢？

一个是说不清还着急嘴快，一个不急也说不清。小说里武林冲着陈亮说："你，啊你，把我的帽子，弄，弄，弄脏了？"陈亮说："我没，我我弄你那草帽我还还舍不得鞋鞋油的，你那烂帽子烂烂烂帽子！"武林说："你，你弄啊弄，弄了！"陈亮说："我没没就没！"武林说："你还，还，啊还嘴，嘴硬，硬哩，你一个外，外乡，乡人，还欺负本，本，啊本地人！"陈亮说："外乡人人咋咋啦，我我有暂住证证证的！我们还承包了果果林，我们吃吃了你的还是喝喝了你，你们的？！"武林说："你，你碎怂！小鸡给老，老鸡踏，踏蛋，蛋呀？！"陈亮没听懂这句话。武林就说:"我,啊我,日,日,日你,娘!"陈亮说:"我日你奶日日你娘娘日你老婆!"气得武林瞪了眼,手指着陈亮了半天,说:"一,啊一,一样,啊一样!"

咋跟赵本山《乡村爱情》一样了?刘能跟赵四打架。

就是,表现农村的时候,都喜欢耍怪。两人文化底蕴当然相差得远,一个往深处给自己写,一个往浅处给别人演。不过我觉得他们都不是嘲笑的态度,看作品先要看整体呢。

好多话也不是他的,我看他把流行过的段子用了不少。

那人家用得好呀!段子是啥,是社会这脏水里的泡沫。把泡沫取出来传着看,好看几天,也就干涸了。人家贾平凹把这些泡沫又放到生活的河流里,又都活咧。

白话文真是"引车卖浆"的下里巴人语言,在书上学的赶不上在街上学的。

应该这样,平常说的话没一点意思的人,整天读唐诗宋词也不顶啥。

有的人能说,有的人能写,能写的往往是三棍子打不出屁的闷葫芦。

对着呢。白娥说:"你谝起来翻江倒海的,一写咋就一锅的萝卜粉条,捣鼓不清?"三踅说:"我要是有夏风那笔头子,我的女人就是白雪了,哪里还轮得到你?你有个啥,不就是一对大奶么!"有一次电视上,贾平凹跟于丹坐一块了。于丹嘴就不停,叨叨叨,叨叨叨。贾平凹就两句:对着呢,就是的。但看人家写文章,就是谝闲传呢,咱可怜的是造句呢;人家是进了商场拿卡随便刷呢,咱才掏口袋一块一块往起凑呢。

《秦腔》好像净是些小事情,在一块缠着,眉目不清晰。

作品里说闲话,"每一次闲聊还不都是从狗连蛋说到了谁家媳妇生娃,一宗事一宗事过渡得天衣无缝",作家大概也想这样写长篇。有的评论家说是"生活流",对应意识流,又造了个概念。我看得不细,跳着看的。基本上是由老支书夏天义贯穿起来的故事,这个"清风街的毛泽东"衬出了农村的变化。最后,仁、义、礼、智四个老汉都死完了,农村也荒了。死的顺序很有意思:天仁已故,爱钱的天礼先死,办教育的天智再死,最后是做党的基层干部的天义。

小说里引生把自己毬割了,这有啥文化内涵呢?

有尿文化内涵呢,我看就是糟蹋人呢。先糟蹋自己,再糟蹋别人。通过糟蹋自己糟蹋别人。

张贤亮前一阵刚死了,他算是把男性生殖器写进文学史了。

过去沈从文也拿这说事,1949年以后禁忌了。80年代初作家陆陆续续地写,人都喜欢,评论家使劲挖掘,竖成一杆大旗了。光凭这一点,我看,引生割得好。

引生疯疯傻傻,跟《尘埃落定》里的傻子少爷得是有点像?

《尘埃落定》里的瓜子,啥都明白,啥都知道,人就争论是真瓜还是假瓜,让他叙事合适不合适。小说最后瓜子讲到自己被杀死了,我觉得这是神来之笔,你们也不用再争了,作者不过是耍一种叙事手段而已。引生是瓜子、闲人、情种,又能通灵,好像啥都知道,由他代"我",也是耍手段,其实很勉强。

第一人称叙事不容易,鲁迅比较讲究,在《孤独者》里,一开始就说"我"有个亲戚跟魏连殳是本家,这样有些"我"不可能知道的事也就可以知道了。废名的《竹林的故事》,中间一部分不应该是"我"能写出来的。当然看成是视角变幻也可以,只要读者习惯就好。

我同意。引生有时还强调一下这件事是听谁说的。我觉得不强调还好,一强调反而显出好多事是不能由"我"来说。其实,不用太在乎这,小说技巧是可以创造的。只要能把人的情绪感觉写活了,就行了。鲁迅把人被围观的感觉写活了,张爱玲把女人跟自己赌气的感觉写活了。人都有感觉,能把一小块写好就了不起。艺术永远是在人的沟子后头撵呢。

那你说贾平凹啥感觉写得好?

这还把我问住了。也许是世事错乱颠倒的感觉吧。乐师看到痴迷敲鼓的刘新生,说:"哈,这世事真是难说,很多城里的人,当官的,当教授的,其实是农民,而有些农民其实都是些艺术家么!"荒唐言正好可以说正经事呢。

2014 – 10 – 24

七、珍馐满席吃不饱:读《金锁记》

中午一个人在家,吃就胡凑合,几块点心,两杯红茶,一盒牛奶,再砸几个核桃。好吃,饱了,可是又没饱。转来转去,总觉得缺点什么。偶尔参加宴席,素的荤的,冷盘热盘,吃了不少美味,可总觉得不滋润。

读张爱玲的《金锁记》,就是这种感觉。

附:现代文学笔记十则

一边读,我一边赞叹。

月亮串了全篇,月亮被人写来写去写成烧饼了,照样敢写。赞。

丫鬟密语,太太闲谈,侧面透露在先,如散兵副将排开,主帅方才上场,七巧一出,笑里藏刀。赞。

小小核桃,成了舞台圆心,核桃仁吃了,核桃壳也不浪费。赞。

浪荡公子,自应有那份不在乎的气派,不必搞成小丑。赞。

细小的口琴声,在庞大的夜里,尽量不让人听到。赞。

"会说话的人很少,真正有话说的人还要少。"赞。

《金锁记》简直是一本小说技巧的教科书,巧思妙手随处可见,在文中如一院美妇人明争暗斗起来。

她顺着椅子溜下去,蹲在地上,脸枕着袖子,听不见她哭,只看见发髻上插的风凉针,针头上的一粒钻石的光,闪闪掣动着。发髻的心子里扎着一小截粉红丝线,反映在金刚钻微红的光焰里。

过于细了!丝线自然是弱小无助的,可作人物写照,然而要反映在钻石里,需要多毒的眼神才看得到啊。这种描写,让人感到妇人心思的细腻可怕。

小说前半部分写了一天的事,后半部分是十几年的事,中间就凭镜子一晃来切换。巧确实巧,但太像电影了,机巧到有些俗气。

前半部分,太像戏;后半部分,太抒情。前半部分是线描;后半部分画光影。小说成了两截。

如果前半部分是《红楼梦》中的一段,自然是很高超的。但可惜它只是半个中篇,容纳不了那么多人、那么多场面。到后半部分,又是另一群人。他们在作品中只出场一次,就被打发。这些人包括凤箫、云泽、大年夫妇、九老太爷等。

在这篇被誉为"文坛最美的收获""中国自古以来最优秀的中篇小说"的作品中,张爱玲没有控制好她的才华,她想把宝贝全亮出来,亮瞎读者的眼。她穿得珠光宝气,但是稚嫩的脸和瘦小的胸,分明让人感到楚楚可怜和弱不胜衣。

七巧写得用力太猛了。在人来人去的小客厅面对季泽动情而哭,实在突兀;给长安缠足在20年代的上海实在突兀;写到后头,七巧已经成了煎糊的鸡蛋,能吃的只剩下长安了。

二十几年后,张爱玲改写《金锁记》,成了《怨女》,篇幅扩大一倍,去掉了长安,平息了一些波澜,加强了前后照应。两家优劣,还需细细品味。

2014 – 12 – 26

八、《呼兰河传》第四章

《呼兰河传》共七章,第四章正好在中间。每章篇幅长的三十来页,短的则如第四章,十五六页。

每章有若干节,一节长的洋洋数千言,最短的只一句话。

纪律总是约束不了散漫的人,可能散漫的人在心里顽固地坚持着另一套原则。呼兰河再小,也是一座小城吧,能叫《呼兰河传》的文字,总得有些汹涌之势吧,总得写几个大人物吧,不能垒成大厦,总得像个塔楼吧。

这个不是《呼兰河传》的逻辑,这部小说的主要人物只有一个,就是"我",主要场景就是"我家的院子"。

第四章,每节的开头重复着这句话:"我家的院子是很荒凉的。"或是:"我家是荒凉的。"

这句话可以成为这部作品的副标题了。这是一句话,不能做论文的标题,不宜做小说的标题,却可以做诗的标题。这部小说是按诗来写的。

小说是讲的,诗是唱的,虽是一个古老的原则,但仍散发着辉煌的余光。讲的重进展,唱的重回旋。《呼兰河传》是回旋的,总在回旋着那一句歌唱:

我家的院子是很荒凉的。

从写法上,第四章的第一节最能显出这部小说要害。院子里的蒿草、土堆、砖头堆、破缸、生锈的铁犁头,那些让院子荒凉的东西,那些平凡而渺小的物件,跟《呼兰河传》似乎牵连不上的渺小物件,细细写来,写得郑重其事,写得生机勃勃。

砖头晒太阳,就有泥土来陪着。有破坛子,就有破大缸。有猪槽子就有铁犁头。像是它们都配了对,结了婚。而且各自都有新生命送到世界上来。比如缸子里的似鱼非鱼,大缸下边的潮虫,猪槽子上的蘑菇等等。

这一段,足够一个人拿出去分成几行像模像样地发表,然后赢得一个诗人头衔了。其实在《呼兰河传》里算什么呢?在生活中算什么呢?虽然没有实证,但我总相信所有的修辞、所有的文学技巧,都能在巷尾村头,在悍妇蔫男之类的嘴里找到根由。只是他们口中有宝不自知。《呼兰河传》是诗,读了之后却不感到是作者在作诗,而是那些普通的人或物本身就是诗,这是这部作品格外让人尊敬的地方。

一部《呼兰河传》的光辉,就是由这样的笔墨扩散开来,向外扩散,又向内回收。大到一城,小到一物;大到一生,小到一瞬,就是从这些荒弃而不死的破缸烂罐开始写起的。

第一章写小城之景,第二章写小城之风,第三章,回到有祖父伴随着的"我"的童年。"我家的院子"是一个中心点。

第五章写团圆媳妇,第六章写有二伯,第七章写冯歪嘴子。他们与第四章的破缸烂罐一样伟大。

2016 – 12 – 16

九、检讨

一位快退休的教师出了教学事故,组织上严格要求,让他在周三开会时当众检讨,这种事多年不遇,大家都好奇。

据说老教师会场上摸出一张纸来,郑重宣读,读得有滋有味,内容是检讨,形式是打油诗,会场气氛十分祥和。

我有点后悔没去开会,问打油诗怎么写的,没问出来,不过并不影响兴致。这是一个好故事,我多次给友人讲,均获好评。给老赵讲,反响最好,老赵拍手而叹:好嘛!这好嘛!这个值得学习嘛!似乎他也在同事们面前表演过检讨一样,演得很草率,很后悔当时没下功夫去撰写演讲稿。

王小波《黄金时代》是一个写检讨的故事,王二和陈清扬乱搞,组织上让他俩写材料、接受批斗,王二发挥自己的文采,把检讨写成了色欲小说。写小说比写打油诗复杂,更需要文采。王二和老教师不在一个时代,不能同日而语,却也有同工之妙,妙在认真。整齐押韵是认真,细节渲染也是认真。整齐押韵的认真让组织上不便发作,细节渲染的认真连组织上也喜闻乐见。

检讨越认真深刻越好,允许夸大其词,吹嘘自己犯的错误,这与小说的虚构类似。皮肤多白,小和尚多红,友谊多么伟大,都可以虚构。小说中王二与陈清扬在农场"敦伟大友谊"的情节都可以视作王二的检讨材料,读者不必在乎细节的真假,否则就和组织上一个认识水平,会被作品顺带嘲笑一把。

老赵晚饭后散步时说：人遇到事了、背了，才能看出他的智慧。后来老赵看到前人有"观人观其败，观玉观其碎"的说法，如逢知音。老赵说的人是身边的人，不是传说中的人，他指的智慧是身边人的智慧。

王小波说小说首先要有趣，属于身边人的见识，既没有颠倒乾坤的本领，也只能按自己的脾性分辨有趣和无趣，凭自己的力气在无趣中造一点趣味。《黄金时代》的趣首先来自把检讨写成小说的歪点子，是非常理性的调皮捣蛋，写得露肉，却并不煽情。不过结尾还是要煽情，陈清扬检讨自己春藤绕树小鸟依人般一瞬间爱上了王二，组织上看了面红耳赤，从此再不让他们检讨了。小说里，检讨的本意是让人不像人，像猴像鸡，如果检讨出人样来，组织上就失算了。

2017-06-08

十、《小二黑结婚》的腰俏

赵树理小说，特点在于简：故事明白，语言干练，人物个性一目了然。其得在简，其失也在简，《小二黑结婚》简得有点像长篇小说的故事梗概。

《小二黑结婚》和《金锁记》都是1943年面世。张爱玲挺喜欢《小二黑结婚》《李有才板话》。如果这两人能坐在一起喝个茶,倒有意思,一个裹旗袍罩妖艳披风,一个一身旧干部服。赵树理作品的形象就是灰布衣服黑布鞋,旧是旧,一定干净挺括,合身。如果眼光不被流行左右,赵树理作品的款式也不难看,跟穿旗袍、西装或呢子大衣的站在一起,未必逊色。

以前听一位老先生讲评书法作业,凝视良久,说:

这几个字不好,没腰俏!

"腰俏"这说法有趣!怎样的字算有腰俏?我母亲年轻时会裁剪,做件衣服改来改去,做领子、上袖子和收腰都很费事。腰部没有领袖明显,得平中见奇、暗中使巧。小说如果比作衣服,怎么样就有了腰俏呢?

赵树理作品容易被小看,因为样式很常见。好懂,似乎也好写。《小二黑结婚》出版后,被不少人当作通俗故事。

故事开始有两条线:男女恋爱遭家庭反对,又被恶霸报复。两条线汇合在一起,矛盾激化。后来问题被区长妥善解决,惩恶扬善。

作品分十二节,每节多为六七百字,长一些的,一千来字,分配很匀。前六节介绍人物,展开两个线索;

再用三节发展情节,激化矛盾;最后三节解决问题,不管主题呈现还是戏剧效果,都达到高潮。节节相扣,首尾呼应,很有条理。

小说开篇第一段:

刘家峧有两个神仙,邻近各村无人不晓:一个是前庄上的二诸葛,一个是后庄上的三仙姑。二诸葛原来叫刘修德,当年做过生意,抬脚动手都要论一论阴阳八卦,看一看黄道黑道。三仙姑是后庄于福的老婆,每月初一十五都要顶着红布摇摇摆摆装扮天神。

刘修德这名字多余吗?后面三仙姑跟他吵架:"刘修德!你还我闺女!⋯⋯"到区上告状,区长问:"你就是刘修德?"这就不多余了。"当年做过生意",是沾染坏习气的一个原因,也不多余。

前有诸葛孔明,后有"二诸葛"。民间有拜三霄娘娘(也叫三仙姑)的习俗,于是有了"三仙姑"的外号。三仙姑不知名姓,是于福的老婆。丈夫窝囊,促成了三仙姑的能耐。这种现象生活中很常见。现实生活中,老实丈夫埋怨妻子强势,妻子戗一句:"那还不是因为你没本事!"丈夫顿时无语。

二黑和小芹被抓起来。"有事人哪里睡得着?人散了之后,二诸葛家里除了童养媳之外,三个人谁也没有睡。"此处把童养媳顺手一带,妙笔。

二诸葛的大儿子回来给他爸报信:区上传你和于福老婆。两家互不叫外号,耐人寻味。

第一节中,人物大都露头了。"米烂了"的笑话是被金旺他爹传出去的,此人属于恶势力阵营。一边讲故事,一边尽可能为后文铺垫。

第十一节"看看仙姑",是全篇最精彩的一部分。围绕三仙姑的"老来俏"(其实虚岁也就45,跟林志玲一样),区长先错认、后质问;看热闹小姑娘引来众人围观;交通员守着小芹当面讽刺;所有的风凉话都泼过去。把前面累积的喜剧势能都释放了出来。

前面埋伏,后面照应。这古老的文法并不过时。因为故事的流畅,读时不察,就会忽略了作者的匠心。要说腰俏,就在这些地方。

小说叫《小二黑结婚》,写得最没神采的就是小二黑。写得最好最充分的是二诸葛。三仙姑虽然出彩,但都在面上。小说把最大热情用来写对一个可怜女人的嘲笑,现在读来让人遗憾。可谓成也三仙姑,败也三仙姑!她本应像《金锁记》里的曹七巧一样惊人。赵树理太把自己当干部,而不是当作家了。他把自己的创作叫"问题小说",跟工作挂钩。他注重事甚于关注人。对女人,尤其简而化之,以使自己的工作不带一点暧昧气息。他完全有能力写好炕头房内的事,只是不那样写。他跟张爱玲不一样,衣服样式虽然简单,可并不通俗。

2017 – 12 – 30